A turma da paquera

série **JOVEM**BRASIL

A *turma da paquera*

PEDRO BLOCH

IMAGENS: ROGÉRIO BORGES

Dados Internacionais de Catalogação na Publicação (CIP)
(Câmara Brasileira do Livro, SP, Brasil)

> Bloch, Pedro, 1914-2004.
> A turma da paquera / Pedro Bloch; imagens Rogério Borges. – 2. ed. – São Paulo : Editora do Brasil, 2009. – (Série jovem Brasil)
> ISBN 978-85-10-04705-0
> 1. Literatura infantojuvenil I. Borges, Rogério. II. Título. III. Série.
>
> 09-06888   CDD-028.5

Índices para catálogo sistemático:
1. Literatura infantojuvenil   028.5
2. Literatura juvenil   028.5

© Editora do Brasil S.A., 2009
Todos os direitos reservados

Texto © Pedro Bloch
Imagens © Rogério Borges

Direção-geral: Vicente Tortamano Avanso

Direção editorial: Cibele Mendes Curto Santos
Edição: Felipe Ramos Poletti
Coordenação de artes e editoração: Ricardo Borges
Coordenação de revisão: Fernando Mauro S. Pires
Auxílio editorial: Gilsandro Vieira Sales
Revisão: Gustavo Aragão e Luciana Moreira
Diagramação: Janaína Lima
Foto da capa: ColorBlind Images/Getty Images
Controle de processos editoriais: Marta Dias Portero

2ª edição / 10ª impressão, 2024
Impresso na Forma Certa Gráfica Digital

Avenida das Nações Unidas, 12901
Torre Oeste, 20º andar
São Paulo, SP – CEP: 04578-910
Fone: + 55 11 3226-0211
www.editoradobrasil.com.br

A turma da paquera

Prefácio

A gente se debruça sobre o mundo e vibra com a natureza, esquecendo, muitas vezes, que o que mais assombra é a natureza... humana! E, no homem, o que mais fascina é a façanha da palavra, essa coisa mágica, que caminhou do concreto para o abstrato. A palavra é o que o homem tem de mais nobre; e quando você enobrece ainda mais a palavra, transformando-a em *arte*, atinge o seu ponto mais alto, o seu cume.

Porque escrevi este livro? Vejam bem. Duas coisas imbricadas. Professores que amam sua profissão e professores que "cumprem" sua profissão. Meninada que está brotando para a vida, para o amor, e meninada que, por força ou fraqueza de seu lar, mergulha em dificuldades de relacionamento. Acho lindo o amor que desperta.

Em meu consultório, vejo meninas suspirando por meninos com uma paixão tão séria, que acho que seriam traumatizadas para sempre se não fossem ouvidas devidamente e compreendidas em sua forma infantil de amar. Claro que isso vale para os meninos também. Cada idade tem seu nível de amor. Mas aí vem o que trazem de casa e que vai influir para o resto da vida. Podem receber três formas de educação: autoritária, em que tudo deve ser cumprido rigidamente, o regime é o mais repressor possível; permissiva, que cai no extremo oposto, e que peca pelo excesso de irresponsabilidade, na base do "nem te ligo"; democrática, em que a criança opina, mesmo, em que é consultada, respeitada, amada de verdade. Sintam, que até no sentir, a democracia ainda é o melhor regime.

Pedro Bloch

1

Foi, sem a menor dúvida, Tico, puxa-saco da professora Luiza, quem apelidou aquela classe de *a turma da paquera*.

Cheio de complexos, mirrado, sardento, de pernas afiladas, tipo palito, vivia se roendo de inveja de todo mundo, dedurando, xeretando, fofocando, pregando peças e colocando tachinhas, para ouvir o "Ai!" de quem fosse sentar naquele banco.

Não tolerava ver a garotada da classe de dona Denise se beijando nas faces (três vezes, poxa!), enquanto ele enxertava e enxergava maldade nas menores coisas, por mais puras que fossem.

Luiza, solteirona convicta, tinha um xodó especial por Tico, primor de falsidade, de hipocrisia. Só que, diante dela, era um santinho e ela adorava aquele leva e traz, coisa que considerava um verdadeiro "dever moral". Era o que ela chamava de "informação útil e construtiva" e se julgava depositária da confiança total do menino.

Rubinho, seu colega, da classe de dona Denise, já lhe havia dado uma surra monumental que, parece, ficou esquecida no lombo e no lembro. É que, além de tudo, quisera intrigá-lo com sua amada Verônica, a das covinhas, o que decididamente não colou.

— A senhora já viu, hoje, a aula de dona Denise? – atiça Tico, uma vez mais.

— O que é que tem? – faz Luiza, "inocente".

Tico adivinha a ansiedade de saber mais, na cara dela:

— Por que é que a senhora não dá um pulinho até lá?

Não ia dar outra, é claro.

Naquele momento passa, diante deles, Renato, carregando seu violão.

Incapaz de abrir a boca, de mexer com quem quer que seja, tímido a não poder mais, sempre sonhando música, era – sem a menor dúvida – um garoto especial.

– Não vai me dizer que vai tocar esse negócio na aula, vai? – não se contém Luiza.

Renato baixa a cabeça, olhos e moral e diz, quase afônico:

– Se De... Denise pedir...

– Ah! Agora se trata a professora de Denise! Engoliu o dona? Que falta de respeito é essa, menino? E suma com esse violão, que aula não é festa, entendeu?

Com a maior pureza de coração, Renato diz o que seria a última coisa que Luiza desejaria ouvir:

– Lá... na aula de De... dona Denise... é.

– É o que, seu paspalhão? – brada a mulherzinha.

E ele, quase num sussurro:

– Festa.

Verônica, quando sorria, fazia brotar umas covinhas divinas. Guto, seu colega e que não deixava passar nem pensamento, largou:

– Tudo bem, Covinhas?

Ela zanga:

– Detesto que me ponham apelido.

Guto não perdeu:

– Então tira este teu sorriso do meu caminho, tá?

Verônica não teve mais remédio que achar graça.

E as covinhas compareceram mais fabulosas que nunca, enquanto Guto soltava:

– Você já viu nossa nova colega?

– Nova? Quem?

– Dirlene. Veio do fim do mundo. Cafona como ela só. Supercareta.

– Supercareta por quê?

Ele riu pra dentro e disse coisa que nem era dele:

— Vê primeiro e depois me fala.

Alberto, o noivo crônico de Denise, professora de vocação e de coração, tinha deixado recado urgente na secretaria. Estava esperando um retorno assim que possível. Assunto importante.

Luiza, porém, descobriu, não se sabe como, que era uma tal de festa e que Denise poderia pedir a uma colega pra ficar corrigindo as provas até mais tarde e botar seu já manjadíssimo vestidinho estampado e se mandar.

Quando ouviu aquela coisa de "recado", só disse:

— Recado pra Denise? Deixa que eu dou.

— Deu?

— Deu nada!

Só no final da tarde, quando todos os professores já se haviam mandado, é que ela, fingindo ter esquecido uma coisa, bateu na testa e soltou:

— Xiiiiii!

Denise alertou:

— Xiii o quê?

— Deixei de dar um recado urgente pra você. Esta minha cabeça!

— Acontece. Que era?

— Do seu Alberto.

Aí a outra enfureceu:

— E você, que nunca esquece nada, foi esquecer justamente isso? Recado de quê?

— Nada de importante. Uma festa, parece.

Denise olhou Luiza quase com asco e esvaziou:

— Você é mesmo o fim, sabia? E não é da picada. Você é fim de gente.

A professora Denise era adorada pelos alunos. Conseguia, esquecendo seus próprios problemas, dar às aulas um caráter tão amplo, tão abrangente, tão sério e lúdico, ao mesmo tempo, que conquistava a todos.

Luiza, a professora da turma B, ao ouvir as intrigas de Tico, então, hostilizava:

— É o que eu digo! Em vez de se dar ao respeito, em vez de dar suas aulas de Língua Portuguesa, como todo mundo, Denise fica botando banca de enciclopédia. Fala de tudo. Pode?

E ficava mais alucinada ainda quando, nas provas realizadas, ficava provado, comprovado e registrado que os alunos de Denise eram os que mais sabiam da matéria do programa.

Querem ver um exemplo de aula dela? Podia, vejam bem, começar assim:

– Vocês vão ver que maneiro, que máximo, é esse poema de Vinicius.

– Gíria! Ela está envenenando a linguagem, gente! "Maneiro!" "Máximo!" Onde já se viu?

O pior para a megera é que quando Denise acabava de ler o poema ainda pedia:

– Quem sabe uma música de Vinicius? A gente bem que podia cantar, não é?

E não é que os danadinhos cantavam, mesmo?!

– O que ela pensa que é? – bradava a outra. – Deu, agora, pra ser professora de música, também? Invadindo a área da Esmeralda.

Decididamente, com gente careta, não adiantava discutir. Mas não adiantava meeeesmo!

A turma com Denise voava alto. Na asa-delta da imaginação e da informação, do raciocínio e do questionamento. É que ela, numa só aula, era capaz de discutir música, geografia, política, teatro de bonecos e futebol.

– Tudo isso?

– Mais.

– E a aula, mesmo?

– Entre uma coisa e outra entra o lance da aula, como quem não quer nada e querendo tudo.

– E os alunos?

– Vai conhecer já. Começamos com Rubinho?

– Por mim, tudo bem.

Rubinho já havia nascido, neste mundo eletrônico, cibernético e computadorizado. Viagem espacial, robôs, computadores, faziam parte de seu dia a dia. Sem chamar atenção maior. Tudo natural, fluindo. Eu, por mim, costumo dizer que o sobrenatural seria o natural mal explicado se o natural tivesse explicação.

– Não saquei.

– Então saca só. A gente acha que o sobrenatural só tem a ver com milagre, fantasma, disco voador, extraterreno, coisas assim.

– E não tem?

– Não, mesmo!

– Ué!

– Você não acha que um sorriso é sobrenatural? Que uma rosa é um milagre? Que um beija-flor é um assombro?

– Mas você estava falando do Rubinho.

– Tem tudo a ver. Nada do que a televisão mostrava lhe causava o menor espanto. O terrível é que, hoje em dia, as pessoas aprendem a conviver com tudo, até com palavras que nada significam, até com furacões e genocídios mostrados em jornais, a toda hora, todo dia, e convertem, logo, em coisa "comum", entre um comercial de *jeans* e outro de um disco de *rock*. Rubinho não se assombrava com os jogos de mil variantes, os truques de imagens, os *videogames* da vida.

Ficou desapontado, isto sim, no dia em que ganhou seu primeiro relógio. Até então, hora, pra ele, era "Menino, é hora de dormir!", "Menino, é hora de tomar banho!", "É hora de não sei quê". Sabia que havia dia e noite, Sol e Lua, riso e choro. E pronto. Mas bem que via que adulto tinha relógio que tinha a ver com uma coisa chamada tempo. Você só sabia que tinha tempo quando mudava o programa da TV e quando o relógio do pai Leo ia mudando os números. E cada número que passava carregava o tempo com ele. Só faltava o tempo gritar: já passei!, já passei!, já passei!

Só que o primeiro relógio que Rubinho ganhou em sua vidinha era de plástico. Olhou meio desconfiado, porque os ponteiros ficavam parados. Ainda era relógio do tempo dos ponteiros, imagine! Antigo demais! E ponteiro, desconfiava ele, não tava com nada. Olhou desalentado a cara do pai e não fez o menor comentário, durante seu silêncio bem medido, caprichado.

– Que é, meu filho? – pergunta mamãe Dorinha. – Não gostou?

Rubinho resolve driblar:

– Relógio serve pra quê? – se faz de ingênuo.

– Ora, menino! Mas que pergunta mais boba! Pra marcar o tempo, é lógico!

O garotinho mergulha firme nos verdes olhos da mãe:

– E este aqui serve pra marcar o quê? – a voz vem sumida. – Falta de tempo?

Pai Leo cai em si na hora, abraça o menino com a maior ternura e, quase pedindo desculpas, promete:

– Você vai ganhar o relógio mais legal do mundo, tá?

Mas foi aí que Rubinho se tocou:

– E eu sei ver horas?!

Só quando Rubinho, anos mais tarde, veio parar na classe de dona Denise é que sua cabecinha começou a funcionar a mil e a desvendar gente e mundo.

2

Dona Cremilda, a diretora da escola de Rubinho, não conseguia atinar como é que a professora Denise conseguia fazer a turma toda curtir uma aula toda feita de diálogos, de aparente papo-furado, conversa que parecia jogada fora e uma porção de coisas mais e ainda conseguia que seus garotos fossem os melhores da escola.

Desde o maternal, Rubinho tinha por colegas mais próximos Verônica e Guto. Este era um magrelo, um pouco dentuço (pedindo ortodontia), andar desemparelhado, cabelo inquieto e sorriso encolhido. Pouca gente desconfiava da força do rapaz, de sua habilidade na luta. Explica-se. É que seu pai, Cleto, era fanático por educação física e defesa pessoal. Professor. Vivia lhe ensinando, praticamente desde que começara a andar, toda espécie de golpes. Sabia tantos que evitava briga, porque tinha certeza de derrubar qualquer adversário de sua faixa. Menino inteligente, olhar esperto, cabeça buliçosa, vivia se mexendo como que, sempre, procurando alguma coisa que nunca encontrava. Um dia a sala toda caiu na maior gargalhada, porque apareceu com sapato de cor diferente em cada pé. Distração. Riram dele, mas ele riu mais ainda.

Verônica era um doce de menina. Uma princesinha no jeito, no vestir, no trato. Adorada por meio mundo, era o amor maior de Rubinho e Guto. Ela tinha uma maneira especial de dividir sorriso, palavra e atenção, de modo a não magoar nenhum dos dois.

Não. Não resta a menor dúvida. Guto tinha razão, quando dizia:

– Covinhas é demais!

Desde muito cedo se via que Rubinho não era uma criança como as outras. Cumpria cada etapa de sua evolução como alguém que se deslumbra com o milagre do cotidiano. Pouco a pouco firmou passo, corrida, pulo, salto. Pouco a pouco dominou o vestir, o calçar, o abotoar, o dar o laço. Pouco a pouco domou o velocípede e passou para a bicicleta, com e sem rodinhas. Pouco a pouco descobriu o quanto podia brincar. Até com pensamento. Pouco a pouco aprendeu a lidar com meninos como ele, meninas lindas e a ter amigos. Pouco a pouco aprendeu a sentir aquele amor por Verônica. De começo pensou que aquilo fosse uma espécie de febre ou cisma. Sarampo da emoção. Mas o coração disparava toda vez que a via e tremia, quase, se coincidia dela lhe pegar a mão.

— Você está mais é gamado pela Covinhas! – zombava Guto.

— Você não, né? – ironizava o colega.

Para descrever bem Rubinho a gente teria que mostrar esse folgado, com toda sua ternura latente e patente, com todo o coração a que tinha direito. Basta dizer que, agora, já na puberdade, continua a manter sorriso que conquista o mundo? Que adora pegar passarinho, só pra sentir seu voo nas mãos e soltá-lo em seguida? Examinar uma folha caída? Olhar um peixe beliscando miolinho? Ficar fascinado com o que se consegue com lápis de cor? Que acha que chuva, trovão e relâmpago são mágica?

Que cada um imagine nosso Rubinho como bem entender, porque o que interessa, mesmo, é a história que vamos contar.

3

Dirlene era uma garota que morava no fim do mundo. O pai, um dia, se surpreendeu com um prêmio, uma sorte grande na loteria. Tão grande que deu pra querer mudar de vida. Resolveu deixar os amigos mais humildes, companheiros de toda uma vida, sua pequena indústria de *jeans* baratos, e ir morar naquele bairro de "gente do bem". Queria porque queria o melhor para sua filha única, nascida já tarde, quando parecia que não teriam mais prole alguma.

A esposa, Anália, não queria saber daquelas mudanças, decorador. Nem sabia direito o que era edifício de zona sul, com sauna, área de lazer, campo de vôlei, salão de festas, o diabo! Só mesmo em novela. Queria era ficar sossegada em seu cantinho, mas Romualdo, o marido, não admitia:

– Se Deus mandou essa dinheirama toda, pra alguma coisa foi, não é?

– Faça o que você bem entender – se livrou a mulher. – Não me meta nisso.

E não se meteu, mesmo. Foi direto pro apartamento já decorado e guarnecido de tudo. Era só entrar, sentar ou deitar.

Largou a vizinhança querida, de assistir novela junto, de oferecer feijoada aos domingos, e lá se foi. Não deixou de pensar na filha. Escola boa. Fez umas roupinhas, tiradas de revista bem moderninha, pra que a pequena tivesse seu enxoval de menina de apartamento de andar.

Mal, porém, Dirlene entrou na sala de aula de Denise, transferida de sua escola, deu com os olhos críticos de meia dúzia. Ainda era do tempo de dar a mão, em vez de soltar um "oi", de ficar vermelha diante de qualquer palavrinha mais atrevida, de saber pouco de *rock* ou de festa de som muito barulhento.

Não era convidada e não conseguia fazer amizades. Seus assuntos não eram os dos outros. Tinha tantas habilidades domésticas que as outras ficavam de fora.

– Coitada! – comentou Susana. – É uma pobreza!

Quando dona Luiza soube da "última" de sua colega Denise, pensou que ia ter uma coisa. E teve. Ódio.

Não é que ela estava falando em canto de galo (vê se pode!) e que galo cantava diferente nas diferentes línguas?!

Denise estava dizendo:

– Cocoricó não tem nada de, realmente, parecido com cocoricó. Nem de longe.

– Ué!

– Em japonês – prosseguia ela – o galo canta *kokke-kokko*. Em inglês é o *cook-a-doodle-doo*. Em alemão é *kikeriki* e em sueco é *kuckeliku*.

A maioria da turma nem se lembrava se tinha ouvido um galo ao vivo.

Só Dirlene é que lembrava:

– Onde eu morava... tinha um galo... que cantava e eu gostava de imitar. Só que não tinha nada de cocoricó.

– Você seria capaz de imitar... agora? – provocou Marília.

Dirlene se levantou, meio tímida, mas ansiosa por mostrar algum talento e soltou um "canto" que provocou gargalhada geral!

Denise defendeu logo:

– Calma, gente! Foi assim que ela ouviu. Calma!

Susana sussurrou pra Marília:

– Vê se Dirlene é nome de gente. Se eu me chamasse Dirlene, a primeira coisa que eu fazia era mudar meu nome pra Di ou Lene.

Mas a professora procura voltar à aula:

– Os sinos são o maior barato. Imaginem vocês que *dingue-dongue* é em francês. Em alemão é *bim-bom*, já pensou? *Din-dan* em espanhol, gente! E *bling-blong* em português.

– Em chinês deve ser *lig-lé* – brinca Guto.

– Não é incrível? – diz Verônica.

– E tem mais – continua Denise. – A imitação do trem pode ser *xxxx-xxxx* ou *tchoc-tchoc*. Mas quem vai imaginar que, na Dinamarca, é *flut-flut*?

– Flut o quê?! – se espanta Tico, que não se sabe bem como veio parar naquela sala.

Luiza, ao ouvir o dedo-duro do menino, disparou correndo pra sala de Cremilda e, quase sem ar, mal consegue dizer:

– Sabe o que aquela doida está ensinando aos meninos? *Kikiriki* e *kukeliku*!

– Como é? – se alarma a outra.

– Cantos de galo. Não pode estar regulando, Cremilda. Uma vergonha!

É. Não tinha jeito. A professora da turma B estava, mesmo, uma pilha. Eriçada, ouriçada, elétrica. Mas o que mais a irritava era a alegria que pairava na sala de Denise. Entretanto sua turma (dela, Luiza) quando entrava para a aula parecia que nem estava ali. Entreolhavam-se, pareciam estar acompanhando voo de mosca ou aviãozinho de papel, ninguém a olhava no olho, as caras murchavam, o entusiasmo mixava, se dissipava.

Quando ela soube que Guto estava dizendo, na outra sala, que entusiasmo queria dizer ter Deus dentro da gente, Luiza transbordou.

Teve acesso de asma, suou frio, o coração disparou, mudou de cor.

– Sacrilégio! – berrou com voz rouca. – Sa-cri-lé-gio!

Guto e Rubinho, naquele dia estavam, mais do que nunca, disputando os olhares de Verônica. Os dois estavam gozando o Tota, o cabelo à escovinha que todos queriam tocar, que cantava em inglês e ouvia Denise dizer:

– Você quer fazer o favor de traduzir o que está cantando?

– Traduzir... como?

– Não vai me dizer que canta em inglês sem entender uma só palavra.

Ele se defende:

– Assim, também, não, dona! Entendo o yes e o *my love*.

– Não era melhor o senhor aprender músicas em português e deixar o inglês pra quando entender o que está cantando?

– Mas dona Denise! É muito legal!

– Você, ao menos, teve a curiosidade de perguntar o que essas palavras significam?

– Eu...

– No outro dia vi uma senhora respeitável vestindo uma blusa com uma frase em inglês. Sabe o que a frase dizia?

– Nem desconfio.

– Dizia "eu sou uma...". Nem queira saber. Aí eu caí na bobagem de, caridosamente, chamar a atenção dela, que não entendia uma, sequer, daquelas palavras. Sabe o que ela fez?

– Tirou a blusa – palpita Verônica.

– Nada! Brigou comigo e xingou toda a minha família!

Rubinho, naquele instante, olhou a cara de Verônica. A menina olhava derretida a cara de Guto, que sorria um sorriso tamanho família. Rubinho sentiu uma pontada aqui assim. Gostava demais daquela garota.

Mas o que mais doeu em Rubinho, o cúmulo, foi quando percebeu que o jeitinho desengonçado de Guto, seu sorriso dentuço, não lhe roubavam nada de simpatia que as colegas tinham por ele. Com Verônica, então, se Rubinho soubesse de tudo, veria que combinavam pensamento, passeio, cinema e, até, silêncio, veja você! Curtiam-se, até, calados. Um já era convidado pra jantar na casa do outro. E vice-versa, entendeu? Tudo muito tranquilo, tudo muito legal.

Dirlene, coitada!, é que nem tinha coragem de perceber o que sentia. Rubinho, desde o primeiro instante, tomou conta de seu ser. Sonhava com ele, dormindo e acordada. Queria que ele, ao menos, a olhasse. Como? Se ela se considerava a mais desenxabida das criaturas? Com tanta garota linda ele ia olhar o quê? Seu jeito de bobona? Seu olhar caído? Seu sorriso quase fechado? Sua roupa que sempre parecia com algo faltando ou sobrando? A própria mãe, com orgulho, fazia seu *jeans*, imagine! Fazia questão.

Mas Rubinho só tinha olhos e coração pra Verônica. Começou a perceber com quantos "ais" se faz um desespero. Começou a não ter fome, num fastio sem mais tamanho. Desprezava, até, sorvetes e refrigerantes favoritos. Começou a emagrecer a olhos vistos e desvistos. A ficar calado, logo ele que era de verbo solto, até dizer chega.

E quando chegou o aniversário da Verônica!?

– Aconteceu alguma coisa de mais?

– Se! Prova dos nove. Ele, Rubinho, ficou esperando pelo convite e nada! De Dirlene, parece, também ninguém lembrou. Rubinho quis bancar o fino, mandar um presente, mas temeu que aquilo fosse interpretado como pedido de água, entrega de pontos. Podia parecer intrometido, descarado ou sei lá o quê. O curioso, percebeu, é que a maioria dos colegas falavam de montão da festa que ia acontecer e já estavam combinando umas brincadeiras superlegais pro dia. Alguns começaram a montar um sonzinho esperto e uma sessão de vídeos, já pensou?

E Rubinho, diante de tudo aquilo, ia se sentir como? Fala. Como? Marginalizado, desprezado, jogado fora. Lógico!

– Coitado!

– Um baixo-astral estava rondando o tempo todo, poxa! Não dava uma folga. Azar, mesmo! Lembrou, até, da aula de Denise, que tinha explicado que *azar* era uma palavra árabe que significava o dado com que se jogava. Depois é que deu uma de palavra abstrata.

Em casa o menino nem ligava mais a televisão. Não queria saber de *videogames*. Isso não tava mais era com nada. Relaxou em tudo: no pentear, no andar e, mesmo, no pensar. Esquecia de amarrar cordão de sapato, abotoar camisa, descaprichou dos deveres. Tudo era uma coisa só: Verônica, Verônica, Verônica. Até a mocinha da novela das oito virou Verônica.

– O que é que você tem, fofinho? – perguntava a mãe, angustiada.

– Nada! – explodia ele. – E não me chama de fofinho, tá? Já basta o Guto que bota apelido em todo mundo. Nada!

Mas a explosão desmentia o nada.

– Que foi que deu em você, menino?

– Não sou mais menino, certo? – berra ele.

– Parece até mau-olhado! Deus que me perdoe!

Logo, logo Rubinho já tinha levado o pensamento pra bem longe, pra China, pra Lua, pra outras galáxias. Ser extraterrestre, talvez fosse uma boa. E.T. não devia sofrer daquela maneira.

"Eu quero é sumir!" – pensou o menino.

Tomara que aparecesse, de repente, um disco voador e o levasse pra terra-do-não-sei-onde, que era capaz de nem ser terra.

Bem. Ele podia enganar a todo mundo, menos ao tio Chicão.
– Sabem o que esse pirralho tem? – perguntou cachimbando.
– Como é que eu vou saber? – se desespera a mãe Dorinha. – Ele fala?
– É, não é? – sorri o homem, solteirão de cabeleira grisalha e botando ironia na voz e no sorriso. – Mas não está na cara?
– Na cara de quem? – se aflige a mãe.
O tio encara a mulher, franze a testa e, diante do espanto de Leo, revela pausadamente.
– Não está na cara que o garoto está apaixonado?
Pai e mãe, na inocência, caem na maior gargalhada do século.
– Apai... o quê? – explodem entre mais risos.
– Apaixonado! – confirma o homem, categórico, definitivo, sem dar linha a qualquer discussão.
– Piada tem hora! – diz Leo, sem parar de rir.
Tio Chicão botou sério na cara. Uma tinta de saudade passou no rosto, numa só pincelada.
– Piada, não é? Eu, na idade dele, me apaixonei por uma coleguinha e quis que o mundo acabasse, logo, porque ela não ligava a mínima. Adulto nem desconfia o quanto um garoto pode amar e sofrer pelo seu amor. Principalmente quando não é correspondido.
Os pais pararam de rir, numa freada brusca. Caíram. Onde? Em si. Olham um para o outro e a preocupação do rosto e do coração aumentam.
– Curioso! – exclama Leo.
É mais suspiro que palavra.
– Muito! – concorda Dorinha.

É mais palavra que suspiro.

Naquele momento tocam a campainha e uma senhora com aspecto humilde surge, ensaiando um sorriso constrangido.

– Sim?...

Ela explica:

– Eu sou Anália, sua nova vizinha, aqui do lado.

– Ah, sim! Muito prazer.

– Eu já devia ter visitado a senhora e oferecido qualquer coisa de que a senhora precise. É só dizer.

– Muito obrigada! – diz Dorinha, impaciente por se livrar da outra.

– É que minha filha, Dirlene, está na escola com seu filho.

– Sei.

– E ela foi convidada pra festa de aniversário de um colega.

– Sei.

– Nós somos novos no bairro, sabe? Somos gente de subúrbio. Modesta.

– O subúrbio tem a melhor gente – diz, suave, Dorinha.

– Ainda não estamos acostumados com os modos deste bairro.

– Sei – se impacienta a mãe de Rubinho. – Mas o que é que a senhora deseja?

– Se não for muito incômodo... eu pedia pra senhora pedir pro seu filho, pra levar a minha Dirlene pra essa tal de festa.

– Eu não sabia de festa alguma, mas pode deixar que eu peço.

A outra para, ao começar a se despedir e sair, e diz:

– No domingo eu quero que a senhora prove minhas empadas e pastéis, tá?

– Muito obrigada.

– É a minha especialidade.

E ainda desacostumada do novo ambiente:

– Sabe como é, né? Vizinho é pra essas coisas!

Quando a mulher sai, Leo e Dorinha se entreolham.

– Você está pensando o mesmo que eu? – pergunta o marido.

– Acho que sim.

No que ela vai falar... fecha a boca de novo. Torna a abrir em assombro e pergunta:

– Há quanto tempo a gente não vê a Verônica por aqui?

– É mesmo!

Ela recorda:

– Eles não se desgrudavam. Pareciam xipófagos.

– Xifópagos – corrige, sem conseguir segurar, tio Chicão.

– Ele... não perguntou outro dia... se tinham telefonado da casa dela? – lembra Dorinha.

– Acho que perguntou. Acho, não. Tenho certeza. Duas vezes.

Ela vai puxando a linha da memória:

– Pediu dinheiro pra comprar presente de ani... Espere aí. Quando é, mesmo, o aniversário dela?

– E eu sei?

Um tempo.

– Ah, está anotado na minha agenda.

Dorinha corre a verificar. Agora a dúvida já era.

– É hoje!

– E Rubinho está lá?

– Que lá, coisa nenhuma! Está mas é no quarto dele. Horas.

– Fazendo o quê?

– E eu sei? Dever... Sei lá!

– Que dever? Ele anda péssimo de estudos.

Sobem, pé ante pé, degrau por degrau, evitando rangido delator e chegam ao quarto do filho. Abrem a porta, de mansinho e veem o menino, estendido na cama, olhando o teto e chorando de dar dó.

Os dois trocam olhar. Acham melhor, naquele instante, deixar o menino sozinho com sua fossa. Depois, com calma (que calma?), iam tentar falar com ele.

Que fazer com Dirlene e o pedido de dona Anália? Como agir com...

Por um momento, Dorinha ficou tentada a chamar a mãe de Verônica e fazer com que ela convidasse o menino. Afinal o seu Rubinho não era de se jogar fora. Mas Leo protestou. Achou que era uma humilhação para o filho. Se ela não tinha convidado... azar, pronto. O pequeno precisava aprender a lidar com as frustrações. Enfrentar a chamada realidade. Só em historinhas bobas é que tudo é cor-de-rosa e acontece tudo como a gente sonhou.

O casal desce e vai dar com o tio Chicão, ainda numa cadeira de balanço.

– Como foi que você adivinhou, tio? – indaga Dorinha.

– Não adivinhei coisa alguma. Passei por isso.

– Verdade? E sua história... acabou como?

– Não acabou – sorri ele, tristemente. – Gosto dela até hoje.

E esclarece:

– Por isso é que me tornei esse solteirão chato e inveterado, eu acho. – E botou um olhar no longe. Longe como sua saudade.

– É a vida – suspirou. – É a vida.

No ato ouvem-se passos na escada. Os três erguem os olhos e veem que o garoto está descendo, lentamente, ainda com a cara sofrida, ainda de cabelo desalinhado, ainda de passo hesitante.

– Como vai o xadrez? A etimologia? – pergunta o tio, sabendo coisas de que ele gosta.

Rubinho cala por um momento. Depois pergunta inesperadamente:

– O senhor sabe, tio, de onde vem a palavra mundo?

– Mundo? Não faço a menor ideia.

– Vem de puro, limpo – explica o sobrinho.

– Até isso você sabe? – se encanta o pai.

Rubinho sorri, tristemente, e acrescenta:

– É fácil. Mundo é pureza, é limpeza. Basta lembrar o que é imundo.

E cai no choro, uma vez mais.

– O mundo é imundo, pai. O mundo é imundo!

27

6

Dona Anália, dona de casa de vizinha nenhuma botar defeito, também sabia costurar. Tinha, até, um diploma de corte e costura, que era seu maior orgulho. Ao mudar-se para a nova vida e o novo bairro, não tinham, logicamente, quadros para aquelas paredes exigentes. Anália andou de um lado pra outro com seu diploma emoldurado na mão e acabou por pendurá-lo no corredor, mas de um jeito que quem passasse pudesse vê-lo bem.

Pois adivinhem quem fez o *jeans* de Dirlene pra festa da Verônica? Exatamente. E a blusinha, de um estampado incrível, lhe fora impingido em liquidação de casa de modas, no dia em que o pai carregara as duas, mãe e filha, para um banho de loja.

Sentou-se, depois de ouvir os elogios do pai, quietinha, à espera de que aparecesse Rubinho, colega que a conquistara à primeira vista e que a levaria à festa. Tinha pronto o presente, que era outra prenda de dona Anália. Um bordadinho, um pano, todo feito à mão, com umas flores lindas em azul e vermelho. Uma beleza!

– Filha minha não faz vergonha! – repetiu Anália. – Veste-se decentemente e leva presente. Afinal de contas, a gente vem de longe, mas traz educação.

O pior é que os minutos iam passando, se fazendo hora, hora e meia, duas e nada do Rubinho aparecer.

– Tem nada, não, filha – fez o pai. – Eu levo, deixo você no apartamento de sua coleguinha e vou apanhá-la mais tarde.

Dirlene olhou de um jeito que dava pena. Não queria desistir da espera, mas já desesperava. O jeito era ir, mesmo. Com o pai.

Quando chegou à festa é que se sentiu deslocada. Ficou cheia de dedos e acanhamentos. É que ela era a única a trazer um presente que não tinha nada a ver com a aniversariante. Verônica, com classe de sobra, percebeu logo o embaraço de Dirlene e procurou ser calorosa, efusiva:

– Que bom que você veio, poxa!

– Meus parabéns! – fez a amiga, com voz apagada.

– Muito obrigada. Lindo o seu presente!

– Mamãe que fez – explica Dirlene. – Eu ainda estou aprendendo.

– A bordar?! – se arrepia Susana, que ouve tudo.

– A bordar.

– Coisa mais antiga! – faz Susana pra Marília. – Coisa mais careta!

De boba Dirlene só tinha o jeito. Percebeu que nada do que ela sentia, nada do que dizia, se ligava ali.

Por mais que Verônica fizesse, não conseguiu se sentir à vontade.

O pior é que ela não compreendia por que o Rubinho não estava ali.

Quando o pai veio apanhá-la, bem tarde, sentiu alívio. A mãe, ainda acordada, esperava por ela.

– Que tal? O teu *jeans*, com esses bolsinhos, deve ter feito um sucessão.

– Fez, mãe – diz a menina, quase mecanicamente.

– Devem ter adorado o presente, não foi?

– Foi, mãe. Acharam lindo – diz a garota.

– E você deve ter se divertido muito, não foi? Tinha pastel? Tinha empada?

Foi só aí que Dirlene não concordou:

– Festa de rico, mãe, não tem pastel, nem empada. É só salgadinho.

Anália está vitoriosa:

– E eu não sei? Essa gente, hoje em dia, só sabe passar um tal de caviar numas torradinhas muito sem graça e um tal de patê. Vem tudo pronto de não sei onde, com um homem, todo paramentado de garçom, servindo. Mas fazer, que é bom, quem faz? É tudo uma incompetência só. No meu tempo...

7

No dia seguinte, quando entrou na sala de aula, Rubinho nem quis olhar a cara de Verônica. Quis ter, inclusive, a ilusão de que seu amor se havia convertido em raiva. O que o fez ficar de testa mais franzida e de olhar mais murcho ainda foi ouvir os colegas comentando a festa da véspera. Estavam assanhadíssimos no relato dos acontecidos, presentes e músicas, doces e bolos, paqueras e risos.

Mas a via-crúcis do nosso amigo não acabava aí, não. Que esperança! Imaginem que Verônica, com toda a sua luminosidade, naquela horinha mesmo, passa por Rubinho e, embora fixando nele o olhar, dá a impressão de que ele é invisível, transparente, fantasma. Finge que não o vê, com um sorriso de acabar com qualquer um, terreno ou extra. Indiferença total. Pra Rubinho aquilo era um xeque-mate.

E o pior é que não é só.

– Não?!

– Não, mesmo. Logo a seguir vem Guto, de cara cansada do muito que deve ter curtido a festa e Rubinho não resiste. Transborda. Atira-lhe, em plena cara, sua pasta de livros e cadernos, com toda a força que pôde mobilizar no ato.

Guto, apesar do espanto e da dor, está tão feliz que não reage. Além disso, está tão seguro de sua força que não dá confiança de revidar. Passa a mão no rosto, como se estivesse conferindo uma barba muito bem feita, ele que é imberbe, e se controla, limitando-se a perguntar:

– O que foi que eu fiz, cara?

Verônica viu a cena e não sabe o que pensar. Que teria dado na cabeça de Rubinho?

A professora ainda não está na sala e a turma do deixa-disso procura maneirar, sem ser preciso.

Tico, que passava "por acaso", foi logo contar tudo à sua querida dona Luiza.

Rubinho não pode confessar que o ciúme lhe está roendo a alma inteirinha. Que não aguenta mais ouvir falar na tal de festa, com toda a galera rindo à toa, numa ótima, e ele, Rubinho, completamente dispensado.

Dirlene olhava aquilo, sofrendo horrores. Percebia o quanto aquele garoto amava Verônica, para ter aquela reação absurda, irracional.

E vocês pensam que o sofrimento acabou? Pois dispensem.

Marcelo, o baixotinho da turma, pouco depois, veio com:

– Você sabe que a Verônica está furiosa com você?

– Comigo?! – salta Rubinho. – Logo comigo?!

O outro completa:

– O que você fez com ela não se faz nem com cachorro, tá sabendo? Foi sujeira, mesmo!

– Mas o que foi que eu fiz? – se alarma Rubinho.

O outro o examina, de alto a baixo e duvida:

– Você ainda pergunta? Cara de pau!

Dirlene está ressentida, porque Rubinho nem justificou o fato de tê-la deixado plantada, esperando por ele pra ir à festa.

Luciana, a sardentinha, sempre bisbilhoteira, piorou a situação:

– Como foi que você, Rubinho, teve coragem?

– Coragem de quê? – se desespera o coitado.

– Coragem de quê? Pergunte a ela, ora! Até Dirlene foi convidada e esteve lá.

Rubinho está alucinado. Engole em seco e vai sentar, no fundo da sala, tentando fugir até dele próprio. Dá pra entender?

Mas a coisa parecia castigo. Não tinha fim. Marília, a coleguinha que, diziam, dava azar, era pé frio, no recreio, quando cada qual se vangloriava de façanha maior, diz a Rubinho:

– E você, Rubinho? Curtiu muito?

Ele olhou a menina, pra ver se descobria algum deboche na cara. Não. Cara mais inocente que a de bebê de anjo, em teto de igreja barroca.

– Eu? Eu não fui.

– Faltou?! – boquiabre a garota.

– Faltei. E daí?

– Estava doente – concluiu a colega.

– Tava ótimo! – assegura ele.

E resolve encerrar:

– Não fui porque não sou penetra.

Ela não entende:

– Não é penetra... como?

– Penetra de penetrar. Entrar sem ser chamado.

– Ué! E não entrou por quê?

Ele resolve abrir o jogo de vez:

– Não fui porque ninguém me convidou!

Aí, alguém, que estava ao lado, riu e a gargalhada cresceu e se multiplicou fácil, fácil.

– Ele não foi convidado! – zomba Carlinhos, com seu cacoete de ficar piscando demais. – Ele não foi convidado! – repete.

E, fixando Rubinho, derruba todo seu moral:

– Ninguém foi convidado, cara!

Repete num grito:

– NINGUÉM, sabia?

Esclarece mais:

– Desde quando é que a gente espera convite da Verônica?

– ...

– A gente vai lá, qualquer dia, qualquer hora e pronto. Ou já não é mais assim?

Rubinho quase uiva. Mas que imbecil ele tinha sido, poxa! Não é que aquilo era verdade mesmo? Não é que por isso é que a Verônica estava zangada com ele? Ela nunca convidava ninguém "oficialmente", pra não magoar quem não o fosse.

Mas, subitamente, lembra:

– Ela convidou a Dirlene.

Susana não resiste:

– Mas você é um boboca sem mais tamanho, hem? Ela convidou a

Dirlene porque Dirlene é colega nova. Não tem obrigação de saber que pode entrar na casa de Verônica quando bem quiser. Entendeu?

Rubinho se deixa cair na carteira. É o cumulo, poxa! Dá pra endoidar. Olha a cara machucada de Guto e percebe que teve um acesso de loucura... sei lá! Não sabe como se explicar, especialmente diante da reação serena do colega:

– Eu pensei... Quer dizer... Nunca pensei... Você. Guto, pode me dar um soco na cara, que eu nem ligo.

Guto vai responder, mas uma coisa inesperada acontece. Quase espantosa.

Entra um garotão na sala, lindo, lindo, lindo e Denise anuncia o nome do novo colega, que vem transferido de São Paulo. Expressão amiga e serena, andar firme, roupa supermoderna, tudo superlegal, superbacana, supertudo. Ele cumprimenta, discretamente, com a cabeça, acena amistoso e vai, quieto, ocupar um lugar, sem dizer ai.

Houve um tumulto de corações femininos. O de Verônica deu uma disparada violenta, que nem aquelas saídas de corrida de cavalos no Jóquei.

– Eu conheço esse menino de onde? – cisma ela. – Onde foi que já vi esse cara?

Não consegue lembrar.

O novo colega se limita a sorrir.

– De onde é que eu conheço esse sorriso? – se pergunta toda a galera. De onde?!

Dona Luiza só faltava fazer uma úlcera de tanta raiva. Vai ver que já tinha feito, mesmo.

Decididamente aquilo não entrava em sua cabeça limitada, cercada de caretice de todos os lados, ilhada por preconceitos e regrinhas rígidas:

– O que é que esses meninos encontram na classe da Denise? Só se ela anda distribuindo brindes pros garotos. Vai ver que tudo ali é na moleza, na falta de disciplina. Eu sou do bom tempo. Tempo em que professora impunha respeito. Não ficava bajulando aluno – e chamou um menino da sala da outra:

– Você quer me explicar uma coisa? Por que é que vocês dizem que gostam taaaanto das aulas da Denise? Se é que aquele pandemônio se pode chamar de aula. O que é que ela diz? O que é que ela faz?

O garoto a olha, sorri, vendo aquele desespero todo e a deixa ainda mais desarvorada, porque explica não explicando nada.

– Eu vou contar pra senhora, dona.

– Fala de uma vez! – solta ela, ríspida.

– É que as aulas da Denise são muito legais.

E aumenta:

– O máximo!

É. A turma estava toda assanhada (as meninas, sobretudo) com a chegada do novo colega, que todos juravam conhecer e ninguém conhecia.

– Deve ser parecido com algum artista – tentou explicar Marília.

Se é que não era.

Naquela manhã, Denise estava trocando ideias com toda a turma para decidirem, de comum acordo, sobre o próximo livro que deveriam ler.

– Vamos trocar ideias – propôs. – Pra gente trocar ideias o que é que a gente precisa ter, antes de mais nada?

– Ideias! – ri Guto.

– Perfeito. Uma ideia, pelo menos. Senão a gente não está trocando coisa alguma. Vamos, então, a uma primeira sugestão. Estou esperando.

E depois de ouvir mais de uma, comentou:

– Tudo bem. Não temos nada contra nenhum desses livros.

– Eu – confessa Verônica – , só não gosto é de história com foca que quer ser gente e gente virando bicho. E tem mais.

– Tem?

– Tem. Acho que as faladas histórias de fadas nem são entendidas direito pelas criancinhas.

Rubinho, apesar da maior deprê, intervém:

– Os últimos dois livros que nós escolhemos, por informação de pessoas caretas, eram caretíssimos.

– Caretíssimo... como?

– Mostraram coisas que a gente está careca de saber. Tem gente que, quando escreve livro, pensa que a garotada de hoje é do tempo deles, do tempo da pedra lascada. Não sabem polir nem pedra nem gosto. Não tão mais é com nada, sabia?

– Vocês só estão esquecendo de uma coisa – observa Denise.

– O quê? – quer saber Guto.

– Foram vocês que escolheram esses livros.

– E a senhora não podia ter dado uma dica pra gente? – se queixa Rubinho. – A gente é meio devagar no lance. A senhora acha que a gente deve dialogar, questionar, debater. Tudo bem. Ver a realidade... essas coisas. Mas, de vez em quando, a senhora podia avisar quando o livro é uma droga.

– Mas aí, caramba, o julgamento seria só meu. Eu quero que vocês opinem. Você, Verônica, por exemplo, é contra história de fadas.

– Sou mesmo. Não é porque a gente já está meio crescidinha, mas porque a maioria das crianças não entende nada dessas histórias.

– Mas, então, por que é que elas se encantam e pedem pra repetir, repetir, repetir?

Verônica não quer outra:

– Pedem pra repetir porque não entenderam, tá? Mas não entenderam, mesmo! E ninguém venha me dizer que a criança combate o medo vivendo o medo das histórias e aliviando o medo, quando a história termina bem. Eu gosto de histórias legais, com cada coisa tendo seu nome: flor, passarinho, ecologia, peixe, sentimento...

– É, não é? – provoca Denise. – E que mais?

– Eu me lembro bem que, quando mamãe me cantava canção de fazer dormir, era tudo na base do susto, do medo, do... Era um bicho qualquer que tinha que sair de cima do telhado pra deixar o bebê dormir sossegado. O bicho deixava, coitado! Mamãe é que me assustava. Criança pede pra repetir, sim. Repetir... até que entenda.

Fabiano, o novo aluno da turma, ficou impressionado com a inteligência da colega. Ela queria, mesmo, impressioná-lo, chamar atenção. Conseguiu.

Quando Denise olhou, naquele instante, para a porta da sala, viu a professora Luiza comendo um docinho e acompanhando tudo, xeretando, fiscalizando o que se passava naquela aula.

– Quando é que você, Denise, vai acabar com essas brincadeiras, essa conversa fiada e começar a dar aula de verdade? – perguntou, procurando botar um tico de doçura na voz hostil.

Aquela não ia ficar sem troco. Não tinha o menor perigo.

– Quando você me ensinar, não é?

A turma despencou na maior gargalhada.

– De que é que vocês estão rindo? – explode a bruxa. – De mim, por acaso?

– Não! – grita todo mundo em coro.

– Ah, bem! – se alivia ela.

Guto percebeu que ela não tinha sacado nada, absolutamente nada e fez questão de esclarecer:

– Não, é por acaso. E outra coisa: O que é que a senhora está fazendo, aqui, se é hora de a senhora estar dando a sua aula, na sua turma. Vai à luta, dona! Vai à luta!

— Desafuro! — berra ela. — Desaforo!
Verônica se arrepende:
— E eu que disse que não acreditava em bruxas! Ó ela aí!
Denise quer desviar o assunto e propõe:
— Eu queria lembrar uma coisa a vocês. Quero que me tratem por Denise. Esse dona que alguns de vocês ainda usam me bota com cem anos de idade.
Luiza, que já ia saindo, deu marcha à ré e protestou:
— E o respeito? E a disciplina? E a hierarquia?
Ninguém se deu ao trabalho de responder e ela se foi, de cabeça empinada e de bunda estufada, não sem antes dizer:
— Por essas e por outras é que andam dizendo que, nesta classe, em vez de se estudar... se paquera o tempo todo. Sabem qual é o apelido que essa turma tem?
Todos acham graça e respondem em coro:
— A tur-ma da pa-que-ra!
Ela já se foi, resmungando um "que horror"!

— Denise — diz Verônica. — Você ainda nem apresentou direito pra gente nosso novo colega.
— Ah, sim! Mas eu pensei que todos vocês já conhecessem o Fabiano.
Silêncio geral.
As pequenas se entreolharam. Não sabiam o que mais fazer pra chamar a atenção daquele gato.
— Dou cinco minutos pra que vocês tentem lembrar dele.
— Ele faz natação? — quis saber Susana.
— Nada. Mas não faz natação.
— É do juvenil do...
— Não. Não é do juvenil de coisa alguma.
Denise sorri e resolve manter o mistério.
As meninas suspiram fundo. Os garotos olham atravessado.

9

A gora – intriga Luiza falando com a diretora – sabe o que ela inventou?
– Que foi?
– Está ensinando chinês! Chinês, dona Cremilda!

Na realidade, o que Denise estava fazendo, a propósito de ideograma, era dar alguns exemplos, fazendo alguns comentários simples sobre o chinês. Os meninos riram muito quando souberam que em chinês "mulher com mulher" é discussão. Como as palavras são de uma sílaba só, você precisa usar quatro entonações diferentes para multiplicar o número de palavras. E terminou com uma série de coisas curiosíssimas e dizendo *tsé-tsé*.

– O que foi, mesmo, que a senhora disse? – estranhou Marília.

A professora ri:

– Eu disse "obrigado" em chinês.

E quando Verônica quis botar cara de espanto:

– Também não é nenhuma vantagem.

– Não é vantagem a senhora falar chinês?! – se espanta Guto.

Denise engasga o riso:

– Não, querido. Não é vantagem, porque *tsé-tsé* é a única palavra que eu sei.

Mas o mistério de Fabiano continuava e ninguém conseguia desvendá-lo. Ele próprio, quando perguntado, se limitava a sorrir e dizia:

– Eu devo ser é parecido com alguém. Nada mais.

Mas não era só isso, não, gente. Havia qualquer coisa que deixava todo mundo aflito.

Até que, um dia, Denise resolveu fazer a caridade de explicar:

– Vejam vocês como a glória de certas coisas é curta, efêmera.

Ninguém entendeu.

– Vejam vocês como as novelas passam depressa.

Um oooooooh arrepiou a sala inteira.

– Quem viu *Uma janela para o sol*?

O silêncio continuava.

– Estão vendo? Nem do nome da novela vocês lembram mais. É a tremenda velocidade do meio. Devora tudo rapidamente. Passou, passou.

– Então quer dizer...

– Quer dizer que o colega de vocês, Fabiano, é ator de novela.

Alguns, pouco a pouco, começaram a recordar vagamente.

– Aaaaaaah, sim!

– Agora ele veio, transferido de São Paulo, pra fazer o personagem principal de uma nova novela.

Assanhamento geral. Suspiros. Artista! Fabiano era artista, poxa!

– E não é só. É a figura mais importante de um filme que vai estrear: *Chama jovem*.

A turma estava em transe.

– E tem mais uma coisa – completa Denise – Fabiano, além de ator de grande talento, é um aluno de primeira ordem. Escreve poesia, também. E pra terminar, coisas que nem preciso salientar: é humilde, modesto e lindo de morrer. É este encanto de criatura que vocês estão vendo. Está na cara, né?

Estava.

Quando a novela de Fabiano começou, foi um Deus e todos os santos nos acudam.

Os meninos botavam olhos de inveja e as meninas morriam de ciúmes toda vez que Fabiano, que vivia o personagem Candinho, namorava a lambisgoia da atrizinha de araque. Quando ela ameaçou viajar, as garotas todas ficaram torcendo para que fosse de uma vez, tudo bem e que não voltasse nunca mais. Algumas, até, torceram pela queda do avião.

Fabiano começou a receber bilhetinhos de toda sorte das colegas da turma. Telefonemas interrompiam a hora de decorar o texto do capítulo. Queriam saber o enredo dos que ele já tinha gravado e ele, coitado, tinha uma paciência de anjo:

— Eu acho que nem o autor sabe.

— Ué!

— É, sim. Há uma sinopse, um resumo, que ele vai seguindo, mas de repente pode mudar tudo.

A turma dos rapazes começou a descobrir nele defeitos que nunca teve.

— Viu como ele está ficando mascarado?

— Pensa que é grande coisa, só porque faz novelinha, é?

O que incomodava mais, porém, é que, além de tudo, era um aluno incrível. Dotado de uma memória prodigiosa, que os artistas desenvolvem com o treinamento, não só sabia a decoreba, mas aprofundava tudo o que era dado em classe. Nunca se metia a "sabido". Só respondia quando a professora solicitava.

A estreia do filme foi um sucesso fabuloso. Os colegas só não contavam com um porém. Era impróprio para menores de dezoito anos.

— E como é que Fabiano trabalha no filme? – quis saber Tico.

Teve uma menina que, barrada no cinema, jurou que era anã. Outra tentou falsificar a idade na carteira, mas não colou. Uma conseguiu furar, quando o porteiro se distraiu com um começo de tumulto na fila enorme.

A curiosidade da garotada cresceu com a "proibição".

— O que é que é impróprio no filme? – queriam saber.

— Nada demais – esclarece Fabiano. – Coisas que a gente vê nas ruas e nas praias todos os dias e ninguém para pra ver.

As meninas faziam mil conjecturas, aventavam uma infinidade de hipóteses. Fabiano devia estar mentindo. Resolveram reunir-se no banheiro e a que tinha visto o filme contou todos os detalhes, enquanto as outras levavam a mão à boca, escandalizadas.

— Quando é que você faz anos, Candinho? – pergunta Marília, já chamando Fabiano pelo nome do personagem da novela.

– Vinte e nove de fevereiro – brincou ele. – Sou bissexto.

– Ah, não! – choraminga ela. – Ah, diz, diz!

– Juro que, no dia, convido a turma toda – fala Fabiano.

Verônica se havia amarrado nele de verdade. Já sonhava com os dois: Fabiano e "Candinho". Não sabia mais onde começava um e onde acabava o outro.

Um dia ela quis saber:

– Você é amigo de todos os artistas?

– Claro!

– Claro, por quê?

– São colegas de trabalho, não são?

– Trabalho? – duvida Verônica. – Você chama de trabalho a curtição de fazer novela?

– Não é tanto assim – explica ele. – Você precisa estudar muito, interpretar direito, cumprir horários longos e difíceis. Às vezes, se trabalha o dia inteiro, sabia?

– Pra gravar um só capítulo?

– Às vezes só uma parte. Só vale, mesmo, porque a turma dá muita força.

– Vem cá. A Rosinha, sua namorada na novela, vai viajar, mesmo?

– Juro que não sei. Já expliquei isso. E os capítulos novos ainda não foram entregues, entende?

Verônica hesita e toma coragem:

– Você sabe que eu curto um bocado você?

– Garanto que você está me confundindo com o Candinho – Fabiano sorri.

– Não... Eu...

– Está, sim. Quer ver? Quando cheguei aqui transferido, ninguém se lembrava nem de mim, nem de meu nome, nem do nome das quatro novelas que já fiz. E tem mais: quando acabar esta novela de agora, eu deixo de ser Candinho, volto a ser Fabiano. Aí... ninguém vai lembrar nem de um, nem do outro.

Mas Verônica não desiste e diz com voz doce:

– Eu acho... sabe?... Eu acho que gosto dos dois. Muito.

Denise estava dizendo coisas importantes para a galera:

– Vejam bem. O homem é um animal social, tá? Ele tem de comum com os animais a parte que cabe à biologia. Agora, os aspectos afetivo, intelectual, social, econômico... são outros quinhentos.

Um tempo e continua:

– O homem não poderia sobreviver sem divisão de tarefas, sem compreender que não deve destruir o outro, mas conviver, que é viver com, colaborar que é laborar com, trabalhar junto.

– Eu queria que a senhora explicasse isso melhor – pede Verônica.

Denise, porém, quer motivar a turma, provocar o pensar melhor e diz:

– Quem gostaria de comentar o que eu disse?

Moita geral.

Guto, que está com Fabiano "por aqui, ó", joga com ironia:

– Por que é que o Fabiano não explica? Artista é pra essas coisas!

E olha o colega com uma cara de puríssimo deboche.

Fabiano não vai perder esta. Levanta, olha firme nos olhos do outro e começa:

– Tudo bem. O que Denise quis dizer é que o fato de você pensar em todos não tira a chance de você se fazer por você mesmo.

– Ah, é, não é? – ri Guto. – Só contaram pra você!

O ator nem liga:

– Num romance, por exemplo, quanto mais você parece local, mais universal você é.

– Falando difícil, hem, cara? – zomba Guto.

Fabiano não assina recibo:

– É só ler Jorge Amado, Guimarães Rosa... Na vida, quanto mais você pensa em todos, mais você é você. Quando diz "eu sou mais eu" não quer dizer que jogou fora o resto do mundo, mas que faz parte do grupo humano, embora sendo você mesmo.

Uma salva de palmas se ouviu. Toda a turma aplaudiu.

Luiza arrepiou e veio correndo e comentando:

– Onde é o circo? Isto agora virou teatro, é?

Enquanto isso, Guto enfiava o rabo entre as pernas. O cara era da pesada, mesmo, poxa! Se soubesse, nem tinha provocado. Fera, fera mesmo.

Ouviu-se uma voz sinistra:

– Você acha, Denise, que os seus meninos precisam falar dessas coisas?

Incrível como pareça, era Luiza. Ainda.

Denise não se contém:

– Por quê? Você não entendeu?

E quando a outra quer botar uma máscara de fúria:

– Meus alunos não são idiotas. Faço-lhes a justiça de acreditar que certas coisas eles podem entender bem melhor do que NÓS.

Só que, naquela hora, surge o zelador da escola, seu Evaristo, e entrega um memorando à Denise. Ela, mal acaba de ler, fica pálida. A turma percebe e se entreolha curiosa.

– Aconteceu alguma coisa? – pergunta Dirlene. – A senhora...

– Nada, gente. Nada. Tudo bem. Rotina.

– Mas você... – diz Rubinho, preocupado.

– Nada, mesmo, gente! É um recado urgente de meu noivo. E só.

E sem poder conter uma lágrima, que tenta esconder:

– Podem ir pro intervalo, tá? Vamos, gente. Intervalo.

Denise se apressa em sair da sala e telefona pra Alberto, seu noivo crônico, à espera, sempre, de um emprego melhor pra poderem casar.

– Beto?
– Oi! Tudo bem?
– Tudo indo.
– Que milagre você ligar pra mim a esta hora!
– É que... Quer dizer... Eu...
– Não é reclamação, meu amor! É alegria. Aconteceu alguma coisa?

Ela vai lhe revelar o conteúdo do memorando, mas recua:

– Nada. Só uma saudade que bateu em mim.
– Ué! Como é que ela pode estar aí, se ela está toda comigo?!

Denise, apesar de tudo, conseguiu florir um sorriso. Poxa! Poxa! Alberto era demais. Era, mesmo, o homem de sua vida.

– Um beijo, querido.
– Dois. E olhe: faça isso sempre que puder. Tá?
– Tá.
– A gente se vê logo mais?
– Não lembra? Hoje é o dia da minha aula comunitária.
– Ah, sim! Então, amanhã, falou?
– Tá falado.

Mal desliga o telefone, dá de cara com Fabiano.

Ele olha, simplesmente. Mas no olhar vem uma tonelada de compreensão. Não sabe como. Mas sentiu que ela estava sofrendo.

E queria, muito, lhe dar uma força. Muito, mesmo.

Bem. Mas com a força recebida pela voz do noivo, Denise sai em direção da sala da diretora.

Imagina, perfeitamente, o que dona Cremilda vai dizer. Esta tem coisas paradoxais. Por um lado, não existe criatura mais humana, mais dedicada. Por outro, queria pôr ordem no caos. É que via o mundo tão desordenado, tão acelerado, tão alucinado, tão desintegrado, que temia mexer em qualquer coisa, temendo desmontá-lo de vez, como aquela lata que você tira de uma pilha enorme que desmorona toda. Por isso, horário, pra ela, era sagrado; disciplina era sagrada; matéria tinha que ser dada. Toda. Sempre lutou pelo essencial, pelo indispensável. Melhores salas, mais luz, melhores carteiras, melhor material, melhor merenda. Melhor, melhor, melhor. Quem precisasse dela, para ordenar qualquer coisa, era só dizer ou mandar recado, a qualquer hora. Adotava criança. E não era por falta de filho em casa, não. Tinha meia dúzia e caprichada. E um marido, o Garrido, que se virava em mais de uma profissão pra não deixar faltar nada. Cremilda, sempre de cabelo liso, roupa lisa, sorriso liso, tudo liso, já tinha esquecido o dia em que fora a um cinema, tanta sua dedicação pela casa e pela escola. Vizinho, ademais, pra ela, era parente. Próximo. Ainda visitava pessoa doente, aos domingos, socorria meio mundo, nunca lembrava do que lhe deviam em açúcar, ovo, dinheiro ou ternura. Encontrava tempo para ouvir e resolver os problemas de cada um de seus seis filhos e ainda ouvir o sétimo (o marido), com suas alegrias ou queixas.

Pois bem. Verdade seja dita. Respeitava muito a Denise, mas suas "originalidades", suas "excentricidades" no ensino e no comportamento descontraído, a alarmavam. Toda a sua garotada namorava, paquerava, vivia saindo em grupos, rindo e trocando ideias e beijos, sei lá. Era moderninho demais pro seu gosto.

Quando Denise entrou na sala da diretora, foi recebida com uma frieza inicial, à qual não estava acostumada. Por um momento chegou, diante do silêncio penoso e daquele pigarro que se repetia, a esquecer a razão da visita, mas o próprio memorando que trazia na mão lhe recordou.

Deu mais um tempo à Cremilda e ao silêncio.

– Não entendi o seu memorando, dona Cremilda – disse por fim.

A outra corrige:

– Eu é que não entendi esse dona.

– Tudo bem. O que é que a senhora manda?

Aí Cremilda desarmou:

– Em primeiro lugar, troque esse senhora, já, já por você. E segundo, eu não mando coisa alguma. Peço, quando acho que posso pedir.

– E o que é que você acha que pode pedir?

Cremilda hesita. Nem sabe por onde começar, mas começa:

– Você tem reparado, por acaso, que suas aulas têm fugido aos programas que temos a cumprir?

– Fugido?! – estranha a professora.

– Consta que você ocupa, pelo menos, a metade de suas aulas, falando de coisas que não têm nada a ver com a matéria.

– É proibido? – quer saber.

– De maneira alguma! Mas, convenhamos, não é usual.

Denise desanima. Mas até aquela criatura joia vinha com aquele papo?! Sabe que a intenção não é magoá-la. De maneira nenhuma! Por um lado, só concebe as coisas em ordem, com sua hora e sua vez, religiosamente, mas...

Denise não quer abrir questão maior. A diretora deve ter convicções firmes, cristalizadas, enraizadas, inamovíveis, imutáveis.

Mas sabe, por outro lado, que tem argumento fácil:

– Dona Cre... Cremilda. Minha matéria envolve *comunicação* e *expressão*. Quero que meus alunos se comuniquem e se expressem da melhor maneira.

– É claro! – concede a diretora.

– Se você quiser me dar o prazer de testar, na turma, a minha matéria, vai verificar que nada deixou de ser dado e quase tudo foi assimilado por quase todos.

Não há como discordar.

– O que faço é debater tudo, os fatos do dia, a cultura em geral, deixar brotar o talento de cada um, suas potencialidades. É só. É pecado? Crime? É só.

Denise não quer grifar que, pra ela, o que faz fora do programa é que é, muitas vezes, o mais importante. Seria, possivelmente, mal interpretada.

Se Cremilda fosse uma dessas diretoras arrogantes, Denise daria pulos e protestaria com veemência. Mas era a pessoa mais bem-intencionada do mundo.

Denise quer maneirar:

– Sabe? Dá tempo de sobra pra eu ensinar o que está no programa e fazer a criançada pesquisar mais e ter opinião própria sobre as coisas.

Cremilda acha que descobriu a pólvora:

– Você não acha que ter opinião própria requer maior maturidade?

– A gente pensa com a maturidade que tem – replica Denise.

– Quer dizer que aquela liberdade, aquela brincadeira de falar de tudo... até de sexo... continua.

– Claro! Tudo que eles propuserem.

– E você consegue controlar tudo? Responder a tudo?

– Quando não sei, me limito a dizer "não sei" e vamos pesquisar juntos. Eles também me surpreendem, muitas vezes. Me ensinam muito. Demais.

Cremilda não sabe o que dizer. Afinal de contas, do que é que ela está reclamando?

É Denise quem fala em seu lugar:

– Olhe, Cremilda. Já senti, perfeitamente, que a ideia deste memorando nem passou pela sua cabeça. Parece que o progresso de meus alunos aumenta a pressão de dona Luiza.

– Eu não citei o nome dela.

– Nem é preciso. Se me permite, até que eu gostaria de cuidar do caso dela, pessoalmente.

– Tratar como?! – se assusta a diretora. – Cuidar como?!

Denise se cala, por um momento e, para grande surpresa de Cremilda, diz:

– Acho que nós todos, inclusive eu, precisamos dar uma força, uma grande força a ela.

E garante, encerrando o assunto:

– Ela precisa, coitada! Muito. Mas muito, mesmo!

11

Verônica estava com uma pena sem mais tamanho da Dirlene. Via a colega olhando com olhar guloso Rubinho e este sem lhe dar pontos, sem ligar a menor. A cada dia que passava, Dirlene entristecia mais, o olhar se punha desbotado e não sabia o que mais fazer para atrair a atenção do garoto. Por outro lado, tinha medo de chamar atenção, porque sua timidez encruada lhe roubava espontaneidade, riso franco, palavra aberta.

Verônica resolveu pô-la em confissão e arrancou, pouco a pouco, o que ela pensava ser seu segredo. Deixe estar que Verônica já tinha sacado há muito o amor da mocinha.

– Mas assim – fez Verônica – você não vai conseguir nada.

– Assim... como?

– Se você deixar... eu juro que ajudo você. E não fique zangada.

– Zangada, eu?!

– Não fica sentida se eu disser que você não sabe se vestir, não sabe usar o cabelo, não sabe andar, não sabe...

– Eu sei. Eu sei que não sei nada!

– Não, bobona. O que você não sabe é que você pode mudar, se enfeitar, deixar de esconder tudo que você tem de bonito.

– Eu?!

– Sim, você.

E Verônica deu uma geral na amiga. Com novas roupas e novo penteado, ganhou mais coragem e chamou a atenção de vários colegas. Só Rubinho é que não se tocava. Pelo contrário, ficou furioso quando percebeu que era justamente Verônica, sua amada Verônica, que estava fazendo aquilo, pra ver se ele olhava Dirlene e deixava de sonhar com ela.

Engraçado o sonho de Rubinho!

Sonhou que estava saindo da escola, amargurado. A seu lado vinha quem? Nem é preciso dizer, mas digo: Verônica. Só que ela vem, também, ao lado de quem? Primeiro, do Fabiano. Depois, do Guto. E ele, Rubinho, estava completamente dispensado.

Rubinho só estava mesmo era cozinhando... cozinhando...

– Cozinhando?! Eu não sabia que...

– Cozinhando seu ciúme, oras!

– Ah!

– Aí aparece um bando de pivetes, que fazem parar Verônica e Guto, gritando: "Passa pra cá o relógio, garota! O celular e o dinheiro, também. Depressa!".

– E aí?

– Guto, coitado!, fica pra morrer. Apavorado.

– Fica?

– Fica. Suando em bicas, tremendo que nem gelatina.

– Sim...

– E não reage.

– Covardia?

– Não reage. Verônica, morrendo de medo, entrega tudo o que tem. Aí o nosso Rubinho, valente como ele só, bancando o supermenino, dá uma canelada num dos pivetes e massacra a cabeça do outro com sua mochila, enquanto um terceiro, apavorado, sai em disparada.

– Tá incrementando, né?

– Verônica olha Guto e vê o pavor estampado em seu rosto, enquanto Rubinho, tranquilão, repõe a mochila, entrega as coisas roubadas à menina e segue em frente, dizendo: "Qualquer coisa é só me chamar. Tamos aí".

– Valente, né?

Depois o sonho passou pelo desvio. Pintou aquele homem que vende droga na porta da escola. Já viu?

– Deus me livre!

– Deus te livre, mesmo, porque ele apareceu na escola e no sonho. E mandou Rubinho entregar um pacotinho a outro menino.

– Xiiiii!

– E outro homem, marginal também, tirou uma foto do garoto e ameaçou: "Se você contar pra alguém, arrebento a cara do teu pai e acabo com tua mãe. Tá me entendendo?".

No sonho, Rubinho chegava a ouvir as recomendações de Denise:

– Não reajam a nenhum assalto e contem, sempre, qualquer problema que tiverem, tá? Não adianta ficar dizendo só que a culpa é da sociedade. Claro que a culpa é da sociedade... mas todos nós somos a sociedade. Deve-se mudar a sociedade, na medida em que cada um de nós vai mudando. É muito difícil falar racionalmente, com lógica, com um cara noiado, drogado, como eles dizem.

– Deve ser.

– É um animal irracional. Nele, na hora, só funcionam as coisas mais primitivas. Inclusive a fome, a insegurança, o pavor. O assaltante tem tanto ou mais medo que você. Por isso atira, fere, faz viver as mais terríveis situações.

Rubinho acorda gemendo, banhado em suor, coração disparado.

Felizmente é apenas um sonho. E sonho só é verdade enquanto a gente não acorda.

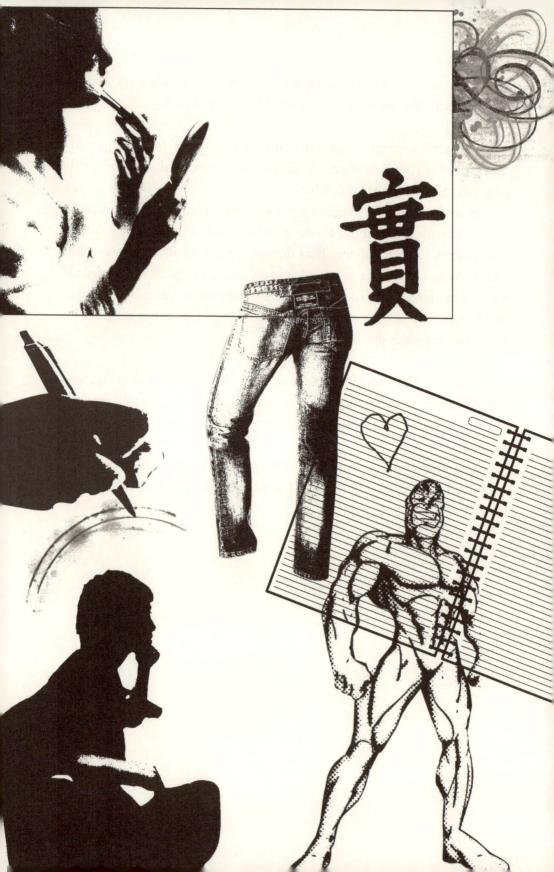

Gente. A vida imita a mais absurda das ficções. Vejam o que aconteceu, na realidade, exatamente no dia seguinte ao sonho de Rubinho.

À saída da escola, um grupo de garotos estava escrevendo, com um *spray* vermelho, umas coisas sem sentido, nas paredes da vizinhança.

– Brincadeira mais sem graça! – comentou Rubinho.

– Besta, mesmo! Careta demais. Nada a ver – confirmou Guto.

E foi se juntar à Verônica, que começou a acelerar o passo, que era quase dança, rindo muito do Guto, que começou com umas brincadeiras, ficou rindo à toa, de graça.

Rubinho, que vinha atrás, botou cara de fingimento, fingindo que nem tava ali. Podia iludir a todo mundo, menos a ele próprio, né?

O curioso é que Fabiano, que tinha hora marcada para gravação de um capítulo da novela, também seguia com a turma, porque não queria parecer besta, pedante, coisa assim.

Verônica fazia tudo para provocá-lo, chamar sua atenção para ela, mas ele estava em outra.

"Será que Fabiano não se toca?", pensava a menina.

Rubinho sentia fundo o que estava acontecendo. Percebia, claramente, que ela dava pontos a Guto, mas que o alvo era Fabiano. Imaginem! Doía demais ver aquela menina, que era o sonho mais lindo da vida de Rubinho, se desmanchando toda por causa de outro. Ou era por causa da novela? O que era, afinal, que ela tinha descoberto naquele boboca? O pior é que estava se derretendo, a troco de nada.

Fabiano se havia juntado ao grupo de Marília e comentava uma proposta que tinha recebido de Portugal, onde a novela também ia passar.

– Não posso ir por causa das aulas – explicou. – O estudo tem prioridade. Vou nas férias.

– O que é prioridade? – pergunta Renatinho.

Marília explica:

– Quer dizer que está em primeiro lugar.

Mas foi a esta altura que aquilo aconteceu.

– Aquilo o quê?

– Nem pergunte. Não é que dois pivetes surgiram, mesmo, não se sabe de onde e não só tiraram o que Verônica trazia de melhor (e bota melhor nisso!), como, ainda, roubaram o celular de Guto?

– Mentira!

– Palavra!

Rubinho, vendo aquilo, ficou tremendo mais que varal de roupa em furacão, apavorado com o que via. Em pânico. Siderado. Lembrou do pai Leo, que lhe havia recomendado, mil vezes, para nunca reagir a assalto.

Encolheu-se todo e, até, fechou os olhos pra não ver. Ia brigar como? Por quê? Pra quê?

E Fabiano? Onde estava a coragem do grande herói que era o valente Candinho da novela? Onde tinha ficado toda aquela fibra do personagem?

Não. Vamos ser justos. Não é que ele não tivesse coragem. Seria até pecado dizer. Seria falso. Mas assim como o pianista preserva os dedos, as mãos, com medo de feri-las e não poder mais tocar, ele precisava salvar sua cara para as filmagens, as gravações. Não podia aparecer de olho roxo, nem de rosto inchado. Era seu dever profissional. Coragem tinha de sobra. Mas os outros, que também não faziam nada, pensaram que era covardia.

Só que, de repente, deu uma coisa no Guto. Não sei dizer, palavra!, se foi acesso de coragem ou loucura. Dona Denise, aliás, também fazia, já viram, mil recomendações à garotada querida. Contra os assaltos e contra as drogas. Ela mesma já fora assaltada por duas vezes. Das duas os assaltantes saíram mais pobres do que entraram, porque, assaltar a professora, era pura piada. Estava, sempre, a nenhum.

– Mas você falava de Guto.

– Falava e refalo. Guto se lançou como onça sobre os assaltantes.

Atacou com todos os golpes a que tinha direito. Rabos de arraia, gravata, rasteira, soco, que seu pai, que vocês já sabem, era professor de "defesa pessoal", lhe vivia ensinando no capricho. Na técnica.

— Espera aí, cara!

— Que é?

— O herói desta história não é o Rubinho? Como é que você me bota o Guto de mais valente?

— Minha história não tem heróis. Tem gente. E você não vai querer que Rubinho, além das qualidades que tem, ainda por cima seja mais valente que o Guto. Vai?

— Você está se fazendo é de engraçado, sabia? Se você é o autor da história, pode fazer deles o que bem entender.

— Isso é o que você pensa. Personagem, quando cisma, é pior do que gente. Não tem escritor que aguente. Tem que fazer o que o personagem quer.

— Jura?

— Juro. Mas o mais engraçado você não sabe.

— Tem mais?

— Claro que tem!

— Diz.

— É que o Guto...

— Sim...

— Quando foi conferir as coisas que tinha recuperado dos pivetes, descobriu uma coisa incrível.

— O quê?

— Ele...

— Sim...

— Tinha ficado com dois celulares... a mais!

— Não!

— E de quebra com um anel lindíssimo. De brilhantes!

— Jura?

— Por Deus!

— E Fabiano?

— Foi bom você falar nele. Eu, quase, ia me esquecendo. Fabiano, nas sobras que tinha levado, no meio daquela confusão toda, reparou, de repente...

– O quê?

– Que o lábio estava inchado, o rosto ferido e, se pudesse olhar no espelho, naquela hora, veria o olho roxinho, roxinho.

– E a novela?!

– Problema da TV. O meu problema aqui é outro. Tá?

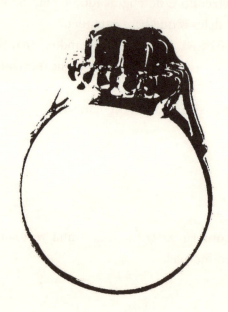

13

Rubinho queria mais era sumir. Tinha se sentido o maior dos covardes. E logo diante de Verônica, já pensou?

Não adiantou querer se justificar, dizendo pra ele próprio que com marginal ninguém deve brigar. Na verdade, o que mais mexia com ele, o que mais o assombrava era a coragem de Guto. Até Fabiano, que precisava cuidar do visual, acabara entrando de manso.

Desligou-se do grupo e, assustado, ficou andando, largando distância e sonhando. Desta vez bem acordado.

No que sonhava, estava ele montado num espetacular cavalo branco, como convém a todo herói de aventura, correndo em disparada, atrás dos cavalos velozes dos bandidos, pra salvar a mocinha (aí, mocinho!), que acabara de ser raptada, junto com o ouro do pai.

No sonho, ele passava de raspão pelo cavalo de um deles e arrancava a "princesa" Verônica, mais linda do que nunca, e que ficou segurando firme de um braço, para restituí-la ao rei, seu pai, no Castelo do Bosque Verde.

E, aí, o rei – reunida a corte, com fanfarras e aclamações, tambores e foguetório – colocava uma espada cravejada de esmeraldas, no ombro de Rubinho (é o maior! é o maior! é o maior!) e dizia: "Eu vos sagro (sagro foi a palavra que usou) cavaleiro (sem H) da Ordem da Estrela-d'Alva." (ele merece! ele merece! ele merece!)

E Fabiano e Guto assistiam a tudo, de queixo caído, roupa esfarrapada, jogados num canto, roendo as unhas de inveja.

Só que Guto jamais poderia esperar o que lhe aconteceria pouco depois. Ao tentar cruzar uma das ruas do bairro, no que estava mostrando as coisas à Verônica, é agarrado por uma mão de aço e ouve gritar:

— Está preso, seu pivete do diabo! Camburão, seu cachorro!

Assombrou-se por ter sido chamado de pivete. Como é que o cara ia confundi-lo, daquela maneira, se ele estava com o uniforme da escola e tudo? Dava pra entender?

Daria, se ele tivesse um espelho na frente. A mochila tinha ficado não sei onde e ele estava todo rasgado, mulambento, ferido, malacafento, sujo de terra e do sangue dos assaltantes.

— E depois?

— Nem lhe conto o resto.

— Era só o que faltava, né? Autor mais folgado, poxa! Um contador de histórias decente não deixa história pela metade. Pode?

— Tudo bem. Então... vá lá! Se você está lendo, mesmo, este livro, é o mínimo de consideração que você merece.

— Então conta.

— Fica frio. Guto chegou em casa, certo de ser recebido como herói, mas aí seu heroísmo não rendeu juros nem correção monetária. Nada. Minto. O pai, quando soube do acontecido, correu como louco para entregar à polícia os celulares que sobravam e, ao voltar, deu uma bronca monumental no filho, gritando:

— Eu já não disse a você, um milhão de vezes, que não reagisse NUNCA a um assalto?

Guto perdeu o norte de vez:

– Ué, pai! Não foi pra isso que o senhor me ensinou todos aqueles golpes?

Cleto está furioso:

– Não, cara! Não foi pra isso.

– Ué!

– Ensinei, sim, mas pra "defesa pessoal". De-fe-sa.

Guto está apalermado:

– E não foi ISSO que eu fiz?!

– Não, cara. Além de se arriscar a levar navalhada ou tiro, o senhor ainda me vira assaltante?! Rouba celular e, ainda, quebra costelas de um deles?!

E alarmado:

– Só falta, mesmo, você ser morto, por causa da porcaria de um telefone, que o outro ia roubar pra matar a fome.

Mas, ao mesmo tempo que grita, abraça o filho, comovido:

– Que isso não se repita, ouviu bem?

– Ouvi, pai.

Este não resiste e, meio sem jeito, quer detalhes:

– Como foi, mesmo, essa tal de luta?

Guto, refeito, descreve tudo.

O pai enche os olhos de lágrimas e perde a voz. Diz rouco:

– Não gaste sua coragem nessas coisas, tá? Não se arrisque nunca desta maneira, viu?

E para ele mesmo:

"Mas que eu tenho um filho corajoso, lá isso tenho!"

E foi chorar escondido.

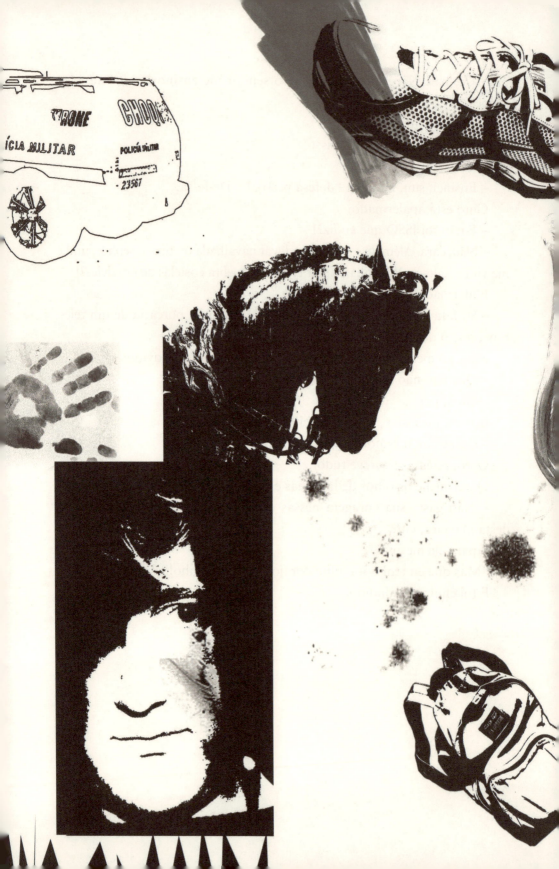

15

Fabiano entrou no estúdio de televisão e deu susto em todo mundo. O maquiador quase se desespera. Quase, não. Desesperou-se, mesmo.

– Como é que eu vou consertar esta cara? Vamos, diz! E logo hoje, que a gente ia gravar capítulo e meio, poxa!

– Onde foi que você se meteu, menino? – reclama o diretor.

Os colegas o cercaram e ouviram toda a história.

– Tem coisas que só a mim acontecem! – desanimou o diretor.

– Bem – faz o assistente. – O remédio é filmar as cenas em que ele não aparece.

– Mas ele aparece em um montão delas! – explode a coleguinha Lana, que contracena com ele muitas vezes. Tá na cara que você não leu o roteiro.

Um velho faxineiro da casa comenta com a moça do café:

– O que não tem remédio...

A gravação foi suspensa. E em suspense ficou Fabiano. Correu pro médico da emissora que o examinou, franziu a testa, fez que não com a cabeça e declarou solene:

– Isto é coisa para uns cinco dias, pelo menos.

– Não podemos esperar tanto – se impacienta o diretor.

O autor da novela, que por acaso está ali para acertar umas cenas que faltaram, oferece:

– Posso "matar" o garoto. É só dizer.

– Pelo amor de Deus, Bandeira. Seria o suicídio da novela!

– Novela é assim mesmo.

– Só que tem um porém – diz, sensatamente, um dos câmeras. – O nosso

Fabiano, graças a Deus, está vivo. Se você, Bandeira, pode matar o garoto, também pode resolver dar um tempo, tá?

Era, sem dúvida, o mais lógico.

Decididamente a classe toda merecia pertencer à turma da paquera. A presença do galã estimulou namoricos, paqueras de montão. Fabiano, sem querer, acelerou o processo daquela onda de puberdade.

Verônica só faltava plantar bananeira ou saltar do trapézio para despertar ciúmes em Fabiano. Ora fingia estar amarrada no Guto, ora soltando uns beijinhos fraternos pro Rubinho, quase esquecendo que prometera ajudar Dirlene a conquistar o garoto.

Na verdade, Verônica não percebia direito o que sentia. Não sacava que Fabiano, sendo ator, era plural. Plural como? Vivia uma porção de personagens. Em certos momentos nem sabia direito quem era.

16

Aquela aula de Denise estava interessando a toda a turma.

– Esse lance de lendas, muitas vezes, está associado ao que o ser humano tem de mais primitivo. Quando não conhece uma coisa, se assusta. Quando não sabe como enfrentar o perigo... se alarma. Antigamente ele fugia das feras. Hoje ele foge dos outros homens ou dele mesmo, a fera maior.

– Legal! – concorda com entusiasmo Marília.

– Vejam bem. O Oceano Atlântico era chamado de Mar Tenebroso. Tenebroso por quê? Porque era desconhecido, porque se inventava um monte de coisas apavorantes sobre as ondas encapeladas ou não, visões aterradoras. Hoje é, simplesmente, o Oceano Atlântico, o mesmo de antigamente. Só que, agora, barcos e aviões o cruzam milhares de vezes numa boa. Um brasileiro atravessou a remo, num barquinho de nada, o oceano. Tenebroso? Tenebrosa foi a Inquisição. Tenebroso foi o holocausto. Tenebrosa, hoje, é a bomba atômica.

Adivinhem quem estava, também, ouvindo aquilo tudo, atrás da porta? Dona Luiza, é claro! Toda encolhida, enroscada nela mesma, de corpo e alma.

Não resistiu. Correu, desabaladamente, para procurar a diretora e dedurar:

– Agora piorou muito, dona Cremilda. Um horror! Imagine o que dona Denise está dando pras inocentes criancinhas. Imagine!

E perdendo o fôlego:

– Bomba a... atômica, dona Cremilda. Imagine! Bomba atômica! Deus que me perdoe.

Será que perdoava?

Rubinho já não sabia o que fazer mais para reconquistar sua Verônica. Será que algum dia a tinha conquistado? Sua? Sua nada! Sua dos outros, isso sim! Do Guto. Do Guto nada! Nem do Guto. Do Fabiano, esse artistinha de TV duma figa.

Em casa, ele, que não acreditava em fantasma, era o próprio. Parecia transparente, parecia que flutuava; outras vezes dava a impressão de arrastar correntes que nem faziam barulho! E fantasma com correntes à prova de som é ou não é o fim da picada?

A mãe só fazia se afligir. Dorinha já não sabia mais pra que santo apelar ou fazer promessa.

– Menino, o que é que há com você?

– Comigo? – respondia o garoto com outra pergunta. – Comigo nada!

– Já não aguento mais a cara deste menino, que parece de missa de sétimo dia. Me dá urticária. Olhe só. Afinal de contas, essa tal de Verônica, essa ramelenta, não é a única menina do mundo, Deus!

O pior é que, para Rubinho, era.

Naquele dia aconteceu algo que deixou Rubinho mais doido ainda.

– Mas que vexame! – fez Leo, ao ver o filho entrar esbaforido, de cara fechada e atirando a mochila pro canto do sofá, num pouco caso que não era dele.

O menino só faltou ter um treco.

Como é que o velho insistia naquilo? Como é que ele tinha descoberto que ele não tinha entrado naquela luta e que deixara tudo por conta do Guto?

Procurou justificar, usando do braço e da mentira:

– Eu estava com o braço machucado.

– E pra isso... você precisa de braço? – berra, surpreendentemente, o pai.

– O que é que o senhor queria? Que eu saísse na rasteira? No rabo de arraia?

– Não entendi – confessa Leo, desnorteado. – Do que é que você está falando?

Foi aí que o pequeno se tocou de que devia haver um engano qualquer.

– A briga... – começou.

– Que briga? – se admira o pai.

Aí o menino perdeu o pé:

– De que é que o senhor está falando?

– E você?

– ...

– Estou falando, cara, do aniversário de sua mãe.

O choque de Rubinho foi de rebentar com escala de Richter:

– Ani... o quê?!

– Você, agora, vive tão no mundo da lua, que saiu pra escola sem ao menos lhe dar um beijo, um parabenzinho vagabundo qualquer, uma flor de nada, uma palavra... Ela está supersentida, sabia?

Rubinho suspira fundo. Decididamente não é o seu dia. Aliás, de um certo tempo pra cá, nenhum dia era seu dia. Os astros deviam estar de implicância com ele. Mas o pior ainda estava por vir e ele nem desconfiava.

– Eu acho, meu filho, que você vai ser transferido de colégio.

– Vou o quê?! – se apavora Rubinho.

– Estamos atravessando uma crise das piores. O meu emprego está balançando. As taxas...

Rubinho, que já estava num parafuso, entrou em outro.

– Vamos nos mudar para o apartamento que cedemos à tia Laura. Este está grande demais para nós e... Mas hoje não é dia de lamúrias. Vá dar um beijo em sua mãe... Aliás, dois. E leve este presente que eu comprei pra você dar pra ela. Deus me livre que ela suspeite, sequer, que você esqueceu.

O menino se abraça ao pai, com uma ternura imensa:

– Eh, paizão! Isto é que é pai! O resto...

– Que é que tem o resto? – sorri Leo.

– O resto é apelido. O resto é pai de araque.

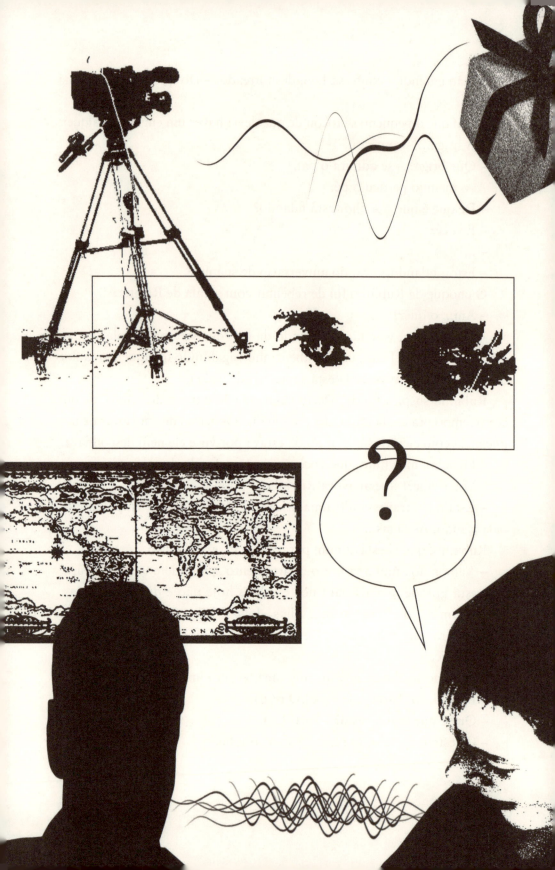

17

Parece incrível, mas no dia em que a turma ouviu que Fabiano estava ameaçado de não continuar na novela, que ia ser eliminado, através de um atropelamento ou outro acidente qualquer, como sequestro, fera, correnteza, sei lá, é que Fabiano percebeu como era curta, efêmera, a glória de TV. Já os colegas não ficavam voejando em torno, já os convites não choviam a cântaros, já as meninas não voltavam a cabeça quando ele passava, na esperança de vê-lo fazer o mesmo.

A vida, né?

18

O surpreendente é que, pouco a pouco, verificando o que ocorria na sala de Denise, os outros professores não quiseram ficar atrás. Não é que um a um, uma a uma, começaram a inventar modas?

Zélia introduziu pesquisa folclórica em suas aulas. Boitatás, sacis, iaras, mulas sem cabeça começaram a surgir no papo.

Outro começou a incrementar com música. E não era só Bach, Beethoven, Mozart, gente assim. Era música de Chico, Caetano, Gil, Edu. Fazia estudar o que, imaginem! A poesia da MPB. Jamais havia ocorrido à Luiza, pra dar um mau exemplo, a profundidade, a beleza das letras dos que faziam música para o povo.

O professor Garcia, recordando seus tempos de amador, fazia teatralizar cenas da História. Já viu, né?

Dona Flor(inda) foi, então, demais, o maior barato: quem abria suas aulas era, sempre, um aluno e quando este acabava de falar, começavam os debates. Toda a turma se entusiasmava e, no fim, não se sabia mais quem era aluno e quem era a professora. Se ela intervinha, era só pra dar alguns pontos de vista.

– Isso pega! – sussurrou Luiza. – O pior é que isso pega!

Cremilda, analisando as coisas, de cabeça fria, percebeu, de repente, que sua paciência estava a fim de pedir demissão irrevogável. Embora a maneira de ensinar de Denise fugisse a seus parâmetros, teve que se render à estatística, coisa em que acreditava cegamente. A classe de Denise rendia muito mais, os alunos estavam, sempre, de olho aceso e cara feliz, rindo para a vida, para o namoro limpo e cordial, para a extroversão e a participação.

Quando Luiza repetiu pela enésima vez "isso pega!", convocou a professora, que já começava a perturbar toda a escola com leituras propositadamente berradas, decorebas com alto-falante.

– Dona Luiza – começa a diretora, dividindo as sílabas. – Eu desejava saber se a senhora, por acaso, se sente constrangida nesta casa.

– Constrangida, só, não! – esganiça (a palavra é esganiça, mesmo!) a mulherzinha. – Massacrada!

Está convencida de que a diretora está por tomar providências urgentes, enérgicas, definitivas.

Mas, para espanto seu, ouviu o inesperado:

– A senhora não acha que sua maneira de ensinar contrasta com a dos outros colegas?

Luiza não tem desconfiômetro. Continua com a antena desligada e fica feliz:

– Mas é o que eu sempre digo! Contrasta totalmente. Estão todos errados!

Existe, no entanto, um porém.

– Parece que nem tanto, dona Luiza.

E procurando ser suave:

– Tenho a impressão de que os alunos deles... progridem muito mais.

– Só se for em pouca-vergonha! – quase grita a outra. – Só se for em namoricos e encontros suspeitos, sei lá!

E definitiva, peremptória:

– Os meus, dona Cremilda, sabem tudo o que está no programa.

A diretora não recua:

– Os alunos deles sabem tudo o que está no programa... e fora dele.

Luiza arregala os olhos e abre as mãos:

– A senhora está in-si-nu-ando que eu não sei ensinar?

Cremilda jamais vai cair naquela:

– Deus me livre e guarde, dona Luiza! A senhora é a professora mais pontual desta casa.

– Ainda bem!

– A senhora é a mais rigorosa, sem dúvida.

– Ainda bem que a senhora reconhece. Pelo menos a senhora!

Cremilda tenta ser caridosa:

– Só que me dá a impressão de que os tempos mudaram, a garotada mudou e a maneira de ensinar, também.

Luiza tenta defender-se, mesmo sem perceber que está sendo criticada:

– Por isso é que temos essa bendita bagunça que aí está!

Mas agora vem algo de, realmente, inesperado:

– Como a senhora, para tristeza nossa, já está beirando sua aposentadoria...

– Graças a Deus! – brada Luiza. – Merecido descanso!

– Por sugestão da professora Denise...

– Não me fale nessa víbora!

Cremilda continua contida, "calma":

– Por sugestão da professora Denise, desejamos prestar uma grande homenagem à senhora e agradecer-lhe os "relevantes" serviços prestados a esta escola.

Luiza está por fora de tudo:

– Ainda bem que reconhecem.

E vem com:

– "A justiça tarda, mas não falha."

Só que Cremilda entende a frase de outra maneira. É justo que uma professora superada deixe de lecionar ou mude, se possível.

– É verdade, minha querida dona Luiza. A justiça tarda... mas não falha.

Dona Luiza foi logo, logo, alvo da homenagem anunciada, embora sua saída só se desse lá para o fim do ano.

Denise fez questão de "saudá-la":

– Vemos na professora Luiza o verdadeiro símbolo de uma época. Com a informática, com a telemática, com o mundo em aceleramento e em transformação, certos padrões foram mudados. Ela representa uma época mais tranquila, em que a distância entre aluno e professor era grande.

Luiza, completamente por fora, aprova entusiasmada com a cabeça. Quer, mesmo, "distância" dos alunos. Que ela confunde com respeito. Nada de intimidades, nem "vocês".

— Ninguém pode obrigar as pessoas a pensarem com as nossas cabeças. Muita gente já morreu na forca e na fogueira por ter ideias diferentes das vigentes. Houve época em que a criança não podia viver sua infância. Trabalhava, era explorada, castigada, ferida no que ela tinha de mais puro, nobre e belo. Esses tempos de trevas ainda não passaram. Mas já caminhamos um pouco. Nossas crianças, aqui, estão ensaiando a vida. De nós muito depende quanto ao que virão a ser. Ficamos gratos à dona Luiza, pela sua constante vigilância, pela sua crítica permanente, por seu zelo em relação às suas convicções e deixamos com ela nosso abraço de compreensão. Que sua aposentadoria lhe proporcione o merecido repouso de tanta lida, tanta...

— Tanta intriga e fofoca — murmura Susana.

— ...tanta severidade no cumprimento de sua rotina de classe...

— Tanta caretice — sussurra Verônica.

Ao terminar sua saudação, Denise se espantou com a cara deslumbrada de Luiza. Ela se sentia justiçada, reconhecida, reivindicada.

É. Cada qual entende as coisas como quer. Ou como pode.

Com a próxima saída de Luiza, só mesmo Tico ficou triste.

Almas gêmeas.

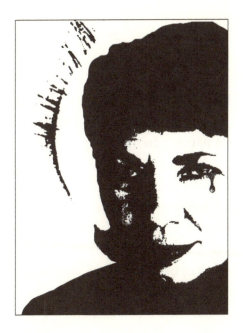

19

Fabiano, naqueles dias, tinha, realmente, perdido seu cartaz. Já não era mais Candinho, já não era mais herói de novela, já não era mais figura de sonho, de evasão. Era um colega como os outros. Nada mais, nada menos.

Foi aí que Rubinho achou que podia marcar pontos com Verônica. Sua tristeza deu lugar a um plano. Vocês sabem, muito bem, que garotada é garotada. Nem tristeza nem alegria são de durar. Em algum tempo a depressão do menino se fez raiva.

– Como é?

– Estou lhe dizendo. Pensou, pensou, pensou... e resolveu.

– Resolveu o quê?

– Resolveu esnobar a Verônica. Dar uma esnobada nela.

– E daí?

– Comprou as roupas mais quentes, mandou cortar o cabelo à moderninha, consertou a bicicleta com motorzinho e começou a dar umas festas incrementadas, com um sonzinho legal, superesperto, convidando todo mundo, mesmo quem não era do mundo dele. Menos quem? Adivinha.

– Guto, Verônica e Fabiano.

– Guto e Verônica. Na mosca. Nem se lembrava mais das dificuldades do pai e da ameaça de sair da escola. O próprio Fabiano já poderia vir, porque já não era o astro naquela hora. Rubinho, pensando chatear a amada, encheu-se de gentilezas excessivas para com as outras colegas. Deu pra dar até presente! Lápis colorido japonês especial pra Marília, borracha azul pra Susana, um CD quentíssimo pra Isabela. Quis deixar Verônica no sereno, mesmo. No banco. Excluída. Marginalizada.

O pior é que o amor que trazia, mesmo mascarado de raiva, ainda era tão grande que por nada vinha à tona, flutuava. Qual seria o meio de trazer Verônica de volta, com raiva e tudo? Pensou em estudar caratê, judô, capoeira, umas lutas marciais ou coisas que as valham e mostrar que, como Guto, era capaz de enfrentar qualquer bandido. Que não era como aquele Fabiano, que lutava de mentirinha, só pra gravação. Depois verificou que era a maior caretice. Queria provar o que, se só ele próprio tinha tido consciência, se só ele tivera conhecimento de sua covardia, na hora do ataque dos pivetes?

Foi aí que lembrou de uma frase, que ele não sabia se era de Confúcio ou Buda e que Denise havia citado em aula:

– "Você pode fugir (era mais ou menos assim) para a mais alta das montanhas, escapar para o mais fundo dos mares ou abismos, partir para o lugar mais distante da Terra, mas não conseguirá jamais fugir à sua consciência."

Ninguém precisava saber que ele, Rubinho, se tinha sentido covarde.

Rubinho sabia. Ele sabia.

E era dose. De dinossauro.

Refugiou-se, então, no sonho, na imaginação, uma vez mais. Imaginou-se um E.T. dotado de poderes incríveis, que chegava de repente e deixava todo mundo assombrado, boquiaberto, e Verônica fascinada, deslumbrada, de olhos inundados de lágrimas, olhando-o extasiada, toda dele, dele, DELE! E Guto não passava de um vermezinho que ele podia pisar, a qualquer momento, se quisesse. E Fabiano tinha sido expulso da TV e da aula.

Afugentou o sonho, mesmo sem querer, e lembrou uma vez mais Denise: "A imaginação é uma coisa rica, muito importante, que deve ser cultivada. Mas você, na hora do sonho, na hora de imaginar coisas, deve ter consciência de que são imaginadas".

Dizia mais: "Não é tão importante viver a realidade, mas saber quando ela deixa de ser; separar imaginação de realidade".

20

A vida é, ao mesmo tempo, uma coisa muito séria e muito engraçada. Vejam só. Certa manhã, Rubinho se encontra com Verônica sem grande constrangimento. Esqueceu, de repente, sua esnobação e que estava dando um gelo na garota.

Passou por Dirlene, que se abriu num sorriso deslumbrado e pisou, sem saber e sem querer, no seu sentimento. Nem a viu. Foi direto até Verônica.

– Não é nada, não – diz ele. – É só pra você ver o absurdo.

– Não entendi.

– Uma coisa de nada, um desentendimento, a falta de uma palavra podem gerar uma guerra e transformar o melhor dos sentimentos.

– Fala logo que o Guto está me esperando – apressa ela.

– E Fabiano? – pergunta ele.

– Fabiano, depois que saiu da novela, parece que não tá com nada.

– Deixa pra lá. Você sabe que eu fiquei muito chateado?

– Ah, você é que ficou, né?

– Fiquei, muito. Fulo da vida porque você não me convidou pro seu aniversário. Espera. Eu devia estar careca de saber que você nunca, mas nunca, mesmo, convida ninguém, porque sua casa está, sempre, aberta pra galera toda.

– Lógico!

– Não fui, sabe por quê? Fiquei ofendido de graça. E você, acho, me fez dançar, me dispensou no ato, porque eu não fui à sua casa justo no dia do seu aniversário. Da pra entender?

– Elementar, né? Lógico!

– Mas não tem lógica nenhuma! Você podia ter lembrado que eu, talvez, estivesse esperando por um alô, um convite, um sei lá. E eu devia ter lembrado que você nunca convida. Tá sacando? Uma coisinha de nada...

– Sim?...

– Uma coisinha à toa pode mudar, completamente, a vida das pessoas.

Rubinho a olha com olhos aguados.

– As coisas só são à toa – faz ela – quando a gente sente que elas são à toa. Mas tem gente que sente demais as pequeninas coisas da vida. O tamanho é o sentimento da gente que faz, sabia? Tchau.

No que ela vai se afastando, dá meia-volta e grita:

– Olhe, você que só acredita em convite, se quiser pode vir ao churrasco que vou oferecer pra turma, no sítio do meu pai.

– Quando? Quando? – anseia ele.

– Sábado. Quem quiser, pode ficar até domingo.

– Tudo bem. Obrigado, hem?

Ela sai correndo e ainda completa:

– Não esquece de trazer calção. Tem cascata e piscina, tá?

Tava. Tava demais. O coração de Rubinho se encheu de uma felicidade que quase tinha esquecido. Piscina, cascata, churrasco e Verônica.

Era demais. Bom demais. Era superlegal, superbacana. Supertudo.

Só pra Dirlene, que assistia a tudo, é que nada era super. Minto. Deixou cair uma superlágrima.

Quando ela desapareceu de sua vista, Rubinho respirou bem fundo. De repente, pareceu que ele recebia mais luz, por dentro e por fora. Percebeu que o mundo não era só ele, que a vida não era só aquilo. Percebeu que Verônica, com toda sua beleza, com todo o amor que sentia por ela, talvez não fosse, ainda, a criatura de sua vida. Percebeu que, quando mais precisara da palavra dela, de uma força, de um simples "oi", ela estava era dando força pro Guto, que não precisava de força alguma, ou se derretendo diante de Fabiano, só porque ele fazia novela, poxa!

Sentiu que o que queria, mesmo, era explicar que não tinha sido por covardia que ele não atacara os pivetes, mas porque achava, sinceramente, que sua vida não podia estar nas mãos de marginais, de um acidente, de uma fala mal compreendida por gente noiada, drogada, capaz de todas as irracionalidades. O fato é que ela, Verônica, a Covinhas querida, não o tinha compreendido, lhe tinha falhado redondamente.

De repente, entendeu que seu coração poderia, perfeitamente, se esvaziar daquele amor infantojuvenil, bom pra histórias, mas diferente na vida real. Que Verônica, a doce Verônica, a divina Verônica, poderia vir a ser para ele uma amiga, como outra garota qualquer. Com ou sem covinhas. Com ou sem aquele encanto todo. Com ou sem aquele cabelo que era luz-de-sol-purinha. Menina de "oi", "tudo bem?".

Percebeu que a vida era muito preciosa, pra ser gasta tão cedo, remoendo coisas, desejando impossíveis prematuros, deixando os minutos escaparem, perdendo os risos e as lágrimas a que cada instante tem direito.

Mas a dúvida ficou:

– Ele pensava aquilo, mesmo? Sentia aquilo, mesmo? Ou era uma maneira de se defender, de disfarçar todo o fogo que lhe inflamava a alma? Ou já não inflamava?

O sítio do dr. Castro, pai de Verônica, não era sítio coisa nenhuma.

Era uma bruta de uma fazenda que tinha de tudo, até bosque, até riacho, até cascata, até piscina, até gado selecionado, até plantação de toda espécie. Não sei quantos colonos em atividade e, até, uma capelinha com cara colonial. Um barato!

Um ônibus especial tinha sido posto à disposição da moçada e a curtição começou já na hora da partida.

O grande barato foi o violão do Renato, um colega que se encolhia, mas que, na hora do instrumento, parecia um badenzinho em potencial.

Ninguém resistiu.

Um coro musicou a paisagem e o ônibus correu, em disparada maior, parecendo com pressa de chegar. A fome, atiçada pela expectativa do churrasco, brigava com o apetite.

Sim. Ali estavam todos. O olhar do zelador Evaristo, relíquia da escola, passou automaticamente, em revista, a todos. Não. Não faltava ninguém. Ou por outra: Cadê o artista? Cadê o Fabiano?

— Acho que chega mais tarde com a caminhonete da TV – informa Marília.

— Como é que você sabe? – estranhou Verônica.

— Sabendo, ué! Ligou pra mim.

— Mentira! – grita Susana. – Ele não pode ter ligado pra você, porque ele não pode mais filmar coisa nenhuma e não tem mais caminhonete de TV nenhuma, sabia? Está com a cara toda inchada. Assim, ó! Assim!

— Ah, não, não é? – diz Marília, entupida de razão. – Você é analfabeta? Não lê jornal? Não lê revista?

— Eu sou mais que *alfabeta*, sabia? Mas o que foi que aconteceu?

— É que o diretor resolveu tudo.

— Resolveu o quê?

— Fez o Candinho da novela brigar com o filho do industrial. Um quebrou a cara do outro, um rolo tremendo e a gravação continuou com Fabiano todo machucado, mesmo.

– Quer dizer que a novela continua? – desperta Verônica.

Dirlene, já bem moderninha e penteado legal, só suspira. Não pelo Candinho. Pelo Rubinho, que acabou de sentar a seu lado e lhe mostrou todos os dentes, num sorriso de anúncio de televisão.

Quando se soube que a novela ia continuar, todo mundo esqueceu Fabiano e resolveu ressuscitar Candinho, figura de garoto incrível, cujas virtudes e valentia viviam misturando com Fabiano. Era, no final das contas, difícil separar os dois. Pelo menos, enquanto ele vivia o papel de Candinho, Fabiano era Candinho. E fim de papo.

As garotas todas voltaram a suspirar fundo. E o ônibus prosseguiu a toda velocidade.

Verônica percebe, de repente, que gosta de Rubinho. E não é só. Que gosta de Guto. Só? Não, tem mais. Que gosta de Fabiano e, até, adora uma figura de ficção, que nem existe, e que é o Candinho. Como é que pode? Em seu coração cabe todo mundo? Não é que seja volúvel... É que está ensaiando o amor. É aquele amor que existe independentemente da pessoa amada. Pode brotar diante de um gesto, de uma palavra de outro, do olhar de um terceiro, da cara de um outro mais, do talento do violão de Renato, diante de tudo. A paquera é geral. Todos os corações, ali, estão disponíveis, pendendo ora pra um, ora pra outro, brigando, trocando de bem, sentindo muito, deixando de sentir. Vida. Ensaio de vida. Era da idade, cara. Parece que tem um momento em que a gente é capaz de gostar de qualquer um, amar a todo mundo. É a velha história: a gente gosta, mesmo, é do amor.

Se Luiza estivesse ali teria logo explodido:

– Coisas da idade, é? Pouca-vergonha, isso sim! Pouquíssima vergonha na cara. Filho meu é que eu queria ver.

Por sorte ela não estava ali. Nem tinha filho pra ver coisa alguma.

O ônibus quase bate num fusquinha que vem na contramão, com motorista visivelmente embriagado.

– Barbeiro! – grita o motorista do coletivo. – Barbeiro!

E comenta pra ser bem ouvido:

– Se eu não sou bom de roda... Barbeiro!

De repente, a fisionomia do homem do volante se ilumina e, apontando o longe, avisa:

– Estamos chegando à fazenda, pessoal. É ali!

E estica o queixo.

Renato não teve dúvida. Meteu no violão o "Está chegando a hora!" e o coro soltou as vozes mais desencontradas:

Ai, ai, ai, ai!
Está chegando a hora!
A fome já vem chegando, meu bem.
E eu quero comer agora!

O improviso era do Guto.

Todos aplaudiram na maior zorra.

22

O churrasco do pai de Verônica veio acompanhado da maior surpresa. Quando o ônibus chegou, todos viram aquela tralha incrível de filmagem de "externa" de televisão. Não faltava nem helicóptero. Caminhões, gente correndo, por todos os lados, tomando mil providências, entre astros conhecidíssimos, numa confusão de sonho e realidade, de personagens e artistas. Gente ainda decorando texto. Outros, estendidos no gramado fabuloso, outros mais fofocando e rindo gargalhadas que só artista consegue, porque se misturam sempre aos tipos que interpretam.

O melhor de tudo foi a chegada de Fabiano, já caracterizado como Candinho, ainda com a cara meio ferida, mas maquiada pra disfarçar roxos inconvenientes para a filmagem.

O churrasco (pasmem!) fazia parte daquele capítulo da novela e a graça maior é que todos, mas todos os elementos da classe de Denise, iam entrar, ser filmados... e imaginem!... aparecer na novela. Uma glória!

A própria Verônica, filha do dono da fazenda, não tinha sabido o que se havia preparado. Muito legal.

Foi a certa altura que a garotada percebeu o que é talento. O colega, o companheiro de todos os dias, Fabiano, o garotão, se transformou diante das câmeras e, aos berros lancinantes, queria porque queria saber:

– "O que foi que vocês fizeram com ela?"

Um dos bandidos ri e debocha:

– "Adivinha. E adivinha o que vamos fazer com você, se não nos disser onde estão aquelas joias."

E esbofeteia violentamente o garoto, fazendo Verônica soltar um "ai", que deu maior realismo à representação.

Fabiano, entretanto, continuava a ser massacrado, de maneira tão realista, que Verônica não resiste. Corre, se abraça ao garoto e grita:

– Parem com isso! Parem com isso seus... seus...

E cai num choro sem mais tamanho.

Uma gargalhada geral cobriu aquelas lágrimas e ela, de repente, cai em si. Mas que papel ridículo, gente! Então ela não estava sabendo, como todo mundo, que aquilo era pura novela? Dava pra entender?

Rubinho entendeu. Ela devia gostar tanto de Fabiano ou do Candinho que aquilo a havia tocado fundo.

Verônica tornou a chorar, mas, desta vez, de vergonha purinha, enquanto o dr. Castro e Denise procuravam confortá-la.

O diretor da novela sorriu um sorriso sem cor e comandou:

– Bem, gente. Isto foi só um ensaio. Agora vamos filmar pra valer.

Foi aí que apareceu Rosinha, a menina que Fabiano, digo, Candinho, amava na novela.

Ela estava tão linda, mas tão linda, que toda a meninada masculina gamou e a feminina... murchou. Como é que pode? Estava demais.

– É da maquiagem – invejou, logo, Susana. – Com aquele montão de maquiagem na cara... até eu.

Fabiano, digo Candinho, vem se aproximando de Marina, digo, Rosinha.

Abraça-a chorando, enquanto ela quer saber, também com lágrimas que faz brotar sem precisar de glicerina nenhuma:

– "O que foi que eles fizeram com você?"

– "Ainda nem começamos" – avisa, com um sorriso cínico, um dos bandidos. – "Por enquanto... foi só aperitivo."

– "Monstros! Monstros! Monstros!" – grita a mocinha.

As câmeras param, de repente, e a ficção dá lugar à realidade, porque bandidos e heróis confraternizam, comentando a cena e aceitam a proposta do dr. Castro:

– Que tal irmos, agora, aos comes e bebes?

– Ideia genial! – faz o diretor, um gordão que é tão bom de garfo quanto de câmera.

O lindo é que todos aqueles artistas famosos se misturam com a garotada. Toda aquela gente era, pra elas, simplesmente figuras do vídeo; não pareciam ter existência real. O chope correu firme para os atores e os refrigerantes foram distribuídos para a rapaziada menor.

Horas depois terminou o churrasco e a filmagem continuou até o anoitecer.

Toda aquela parafernália foi retirada, os artistas e técnicos embarcaram em caminhonetes e carros particulares, depois dos obrigados ao anfitrião e só ficou a meninada que ia pernoitar na fazenda. Esta ficava. O sonho tinha partido.

Denise, que acompanhava a turma, foi cuidar das necessidades de cada um, das acomodações, dos esquecimentos, de quase tudo.

Meninos e meninas ainda corriam, descobrindo a natureza, um ou outro animal "ao vivo" e, até, houve uma farra incrível com uma cobra encontrada por Guto e ele fingindo que era venenosa e cansado de saber que não era. As gargalhadas da turma procuravam afogar o pânico.

No dia seguinte um ônibus os levou ao Rio. Carregou maletas coloridas, mochilas estampadas e toda a garotada alvoroçada.

Rubinho estava com as pernas encolhidas e o queixo encostado nos joelhos.

"Gozado!", pensava. "Ainda ontem eu achava que, se Verônica não gostasse de mim, o mundo ia acabar, mesmo sem bomba atômica."

Fabiano, o único da TV que tinha ficado com eles, por coleguismo, estava decorando o capítulo seguinte da novela e, de vez em quando, batia o texto, em voz alta, provocando os protestos de Susana, que gritou:

– Avisa, cara, quando é da novela e quando é você, tá?

– Tá! – diz ele, sorrindo.

E solta:

– "Por isso é que eu gosto tanto de você!"

– De mim?! – se encanta a gatinha.

– É da novela – esclarece Candinho.

– Que pena!

Dirlene só está olhando Rubinho e sonhando, sonhando. Quem sabe um dia... Quem sabe, não! Com certeza. E iluminou um sorriso lindo.

Guto que, a esta altura, já gosta de duas ou três colegas ao mesmo tempo segura a mão de Marília e, com o outro braço, abraça Geninha.

Verônica é a que está mais atônita, espantada, alarmada. Que diabo de sentimentos são esses que as mocinhas têm, afinal de contas?! Gostava de Guto, queria muito a Rubinho, se encantava com Fabiano... Aquilo não acabava nunca? Gostava de todo mundo, é? E como é que ela, um dia, ia se casar, ter filhos, se não se decidia por ninguém? Será que era por que estava na fase da paquera? Por isso é que eles nunca falavam em amor? Vai ver que paquera está, mesmo, longe, ainda, do verdadeiro amor, né? Vai ver que o Tico, que andava tão murcho, ultimamente, chocado com a aposentadoria de sua querida Luiza, é quem tinha razão. Eles não eram *a turma do amor*. Eram *a turma da paquera*.

Denise, sempre esclarecendo dúvidas, tinha dito um dia:

– Na idade de vocês não existe a hora da decisão. É a hora da indecisão, da dúvida, da descoberta. O que vocês sentem é lindo, pode ter mil nomes, mas ainda não é o Amor com A maiúsculo. É só ensaio. É amor ao Amor.

– É – concorda Verônica. – Devia ser assim mesmo. Ensaio. Como na filmagem do capítulo da novela. Da primeira vez não tinha sido pra valer.

Lágrimas correram pelo rosto da menina. A maioria da turma estava dormitando com a viagem.

Verônica chora e não consegue entender, na hora, o sentido de suas lágrimas. Chorando por quê? Pra quê? De alegria? Tristeza? Amor?

Olha, cara a cara, para Denise, que está com o sorriso de compreensão mais doce pendurado no rosto.

E, aí, Verônica compreende uma coisa. Os pais, mergulhados em seus problemas e conflitos pessoais, em seu dia a dia avassalador, nem tinham tido tempo de lhe mostrar, de lhe ensinar, o que esperar de seus dias, de sua vida.

Denise, sim. Denise lhes tinha ensinado a viver. A ela e a toda a turma da escola. A matéria não estava no currículo. Estava no coração da professora.

Repentinamente ela abraça Denise e um novo choro, que vem vindo mansinho, começa a crescer, a crescer, cada vez mais intenso, cada vez maior. A professora acolhe a cabeça em seu colo.

– Obrigada, Denise! Obrigada!

– Obrigada por quê? – se admira Denise.

– Obrigada pelo que você fez por nós. Obrigada pelo que você é, tá?

Denise gosta de ouvir aquilo. Aperta o braço da aluninha, olha em torno, para ver se todos estão bem acomodados, e ela própria fecha os olhos, pra pensar um pouco em seu Beto. Um segundinho pra pensar em sua própria vida. Beto. Quando, afinal, arranjaria ele aquele bendito emprego? Quando, afinal, poderia ela cuidar um pouco de seus próprios problemas?

Só Deus sabia.

Afinal de contas era ELE o autor da novela da VIDA.

Ou não era?

De olhos sempre fechados, começa a planejar. A planejar a matéria do dia seguinte.

– Barbeiro! – grita o motorista, desviando-se, miraculosamente, de um bruto caminhão, com o letreiro "inflamável".

Denise sorri. Olha, de novo, confere, uma a uma, aquelas carinhas queridas. Sorri porque lhe vem uma ideia engraçada, diante daquela efervescência de juventude, diante de toda aquela garotada cheia de vida, de sonhos, de amor e de futuro.

Bem que o ônibus que os transportava poderia ter o mesmo aviso:

Inflamável.

Biografia

PEDRO BLOCH

Pedro Bloch nasceu na Ucrânia, país do Leste Europeu, em 17 de maio de 1914. Veio ainda criança para o Brasil, passando a residir no Rio de Janeiro. Formado em medicina, era também escritor, jornalista e foi redator da revista *Manchete* e colunista do jornal *O Globo*. Publicou quase uma centena de livros, entre biografias, ensaios, artigos científicos e livros infantis e juvenis, além de escrever peças de teatro representadas em todos os continentes. Autor premiadíssimo no Brasil e no exterior – o primeiro dramaturgo brasileiro a alcançar a *Broadway* – foi uma figura marcante no cenário artístico do país.

Dedicou boa parte de sua vida a escrever livros para crianças e jovens e é reconhecido como um dos grandes autores do gênero. Faleceu em 23 de fevereiro de 2004, aos 89 anos.

Pela Editora do Brasil, Pedro Bloch publicou *Coração do lado esquerdo*; *Samba no pé*; *Teco-teco, o aviãozinho* e *Um pai de verdade*.

Impresso sobre papel Chambril Avena 80g/m².

Foram utilizadas as variações da fonte Sabon, de Jan Tschichold.